小学館文庫

異界探偵 班目ザムザの怪事件簿

蒼月海里

小学館

異界探偵
班目ザムザの
怪事件簿

目次

序

「それ」は冷静さを欠いた自分の過ちから招かれた。

異界から来訪した「それ」は、死んだ相棒の顔で嗤《わら》い、現場にいた人間を一人残らず食い尽くした。自分以外、全てを。

自殺を装って殺されたであろう相棒。

相棒が自分に託した《異界文書》の写し。

そして、相棒が追っていたカルト教団。

このピースを組み立てるのが自分の役目だったはずなのに、浅ましい願望がために余分なピースを呼び寄せてしまった。

無垢《むく》にして残酷。人間などという矮小《わいしょう》な存在に憐憫《れんびん》の情を寄せない大いなる存在。

異界の邪神は、今も自分の隣にいた。

異界探偵
班目ザムザの
怪事件簿

異界探偵の日常

第一章　異界探偵の日常

これは、班目三六三《まだらめザムザ》という異界探偵を名乗る青年と、異質にして奇怪な相棒の物語である。

このふたりについて語るには、ふたりがともに歩むきっかけとなった高枝百舌鳥《たかえだもず》の死の真相に繋《つな》がる、痛ましくもおぞましい事件について語る必要があるだろう。

人間の浅ましさと名状しがたい異界の存在が織りなす、目を覆いたくなるほど悪夢めいた出来事であるその一件について真相を見届けた者は、彼らだけであった。

＊　＊　＊

班目ザムザ事務所は日本橋にあった。

東京都中央区という一等地ではあるものの、狭い路地の片隅にある新耐震基準を満たしていない古いビルの二階という趣深い物件で、ザムザは知り合いの伝手《つて》によって格安の賃料で借りていた。

一階はこぢんまりとしたバーであったが、営業日は実に気まぐれで、『closed』の看板を目にして項垂《うなだ》れて帰る客を事務所の窓から見送ったことが何度かある。

さて、このザムザの事務所は看板を出していない。彼の職業が、異界探偵という不可思議極まりないもののためだ。

以前は看板を出していたのだが、探偵という単語しか目に入らない依頼人が多く、素行や浮気の調査などを持ち込まれたため、看板を片付けてしまったのだ。探偵の仕事で役立てそうなものと言えば、行方不明者を捜すことくらいか。

それも、「異界」が関わっていなければお手上げなのだが。

「君の力が必要だと思ってね」

スマートフォン越しに、通話相手が言う。

この通話相手にして紹介者は池袋に似たような事務所を構えており、困っている人たちを幅広く迎え入れている。どうやら彼らも特殊な技能を持ち合わせているようで、紹介者は裏社会で「吸血鬼」などという大袈裟《おおげさ》な呼称を持っているらしい。

とにかく、彼の元に舞い込む依頼の中で異界関連と思《おぼ》しき事件があれば、ザムザを紹介することにしているのだ。

「軽く話を聞きたい」

ザムザは手短に返す。

すると紹介者は、穏やかでいながらも隙がない口調で続けた。

「依頼人はアパートの大家だ。アパートでは数ヵ月前から退去が相次いでいて、次の入居者が見つからない。退去理由はみな同じで、『おばけが出るから』——とのことだよ」

「……続けてくれ」

「大家本人もまた、霊障と思しきものを体験している。それに加え、唯一残った入居者の家は、どうも奇妙だ」

「警察には？」

「言ったようだよ。警察が立会いの下、大家が持っている鍵で件《くだん》の家の扉を開けて中に入ったそうだ。けど、『なにも異常がなかった』という認識だけが残り、部屋の中がどうなっていたか覚えていない。——どうだい？」

紹介者は、確信めいた様子で尋ねる。まるで、ザムザの答えがわかっているかのように。

「この件には複数人が関わっているにもかかわらず、一様に認知の歪《ゆが》みが見受けられる。異界が関わっている事件……かもしれないな。異界の存在は認知を歪ませる」

「そうだろう？　というわけで、君を紹介しても？」

「ああ」

ザムザは頷《うなず》き、紹介者から必要な情報をもらって、日常会話を交わすことなく通話を切った。

ザムザは、夜の帳《とばり》のように黒い髪の若き紳士であった。黒いオーダースーツに革手袋をはめたこの伊達男《だておとこ》は、帽子かけに引っ掛けたキャスケット帽を手に取る。

「仕事？」

事務所の来客用のソファから、声が投げられる。

来客でもないのにソファを陣取っている存在が、そこにいた。

いや、彼は元から事務所にいたわけではなく、或《あ》る意味、来客ではあるのだが――。

「ああ、仕事だ。依頼人の手間を省くために、現地で落ち合うことになっている」

「それじゃあ、おれも行く」

ソファからぴょこんと身を起こし、赤い瞳の青年が笑顔で言った。

無垢なる笑みと、好奇心に満ちた瞳。躍らせた心を表すかのようにふわふわと揺れる白髪は、光の加減で青にも見えた。

その青は、空なのか海なのか、それとも全く別の何かなのか。

普通ならば微笑《ほほえ》ましさすら感じるその様子に、ザムザは不穏な気持ちを抑えられなかった。

「お前も来るのか。どうして」

「異界のことでしょ？　おれが行った方がいいと思うけど」

「深く関わっているものが現場にいることが、必ずしもいいとは限らない」

ザムザはにべもなく言った。しかし、青年は笑顔のままだ。くっと口角を吊《つ》り上げて、満面の笑みになる。

彼の赤い瞳がザムザを捉える。深くて濃い赤は、濁った血のように見えた。

「『関わっているもの』じゃない。そのものだよ」

ザムザはこの笑みが苦手であった。有無を言わせぬ力があり、絶対に譲らないという意図が窺《うかが》えるから。

「……好きにしろ」

「やったー！」

投げやりな返答だというのに、諸手《もろて》を挙げて喜ぶ。まるで子どものようだ。

「あいつは、そんな顔をしたことがなかったな……」

ザムザはぽつりと呟《つぶや》き、すぐに失言だと気づいて口を噤《つぐ》んだ。

しかし、もう遅い。相手にはすっかり聞かれていて、キョトンとした顔をされていた。

青年はしばしの沈黙の後、あの口角を吊り上げた笑みを浮かべてこう言った。

「ザムザはまだ、おれを誰かと重ねてるの？　何度も言うけど、おれはその誰かじゃない。誰かの姿を借りているだけだよ」

青年はザムザの心境など露知らず、遠慮なく言い放った。

青年の名は式守九十九《しきもりつくも》。

異界から来訪した存在、《異邦神《いほうじん》》だ。

＊　＊　＊

この世界は不可思議なことで溢《あふ》れている。

それは、人類の叡智《えいち》たる科学が発展途上の段階で、世界に未知が多いためでもある。

しかし、そもそもこの世界の外から来ているものもある。この世界の外を、一部の人間は「異界」と呼んだ。

ザムザの仕事は、その異界からの干渉と思しき事件を解決することである。

異界は一部の人間にしか知られていないため、異界からの干渉を受けている者は自らの異常が異界のせいであることすら気づかない。それゆえに、今回の紹介者のように、異界への理解があって一般人に対応している人物が、ザムザへと仕事を回すのだ。

依頼人は多種多様で、一般人から政府関係者と思しき人物まで。報酬は普通の探偵業と変わらない時もあれば、破格の時もある。かと思えば、命を危険に晒《さら》したというのに、ただ働きのこともある。実に不安定な仕事であった。

そんな不確実で特殊な仕事を、なぜ、班目ザムザが行っているのか。

それは、班目家の因縁ゆえであった。

彼の左右対称で特徴的な名前は秩序を示すものとされており、混沌《こんとん》を齎《もたら》す異界を避けるまじないが込められている。その効果がどこまであるか知らないが、本人は、フランツ・カフカが書き記した物語の不条理にして不幸な青年のファミリーネームと同じこの名前が苦手であった。

「どこへ行くの?」

日本橋駅に向かうザムザに、ツクモが問う。

スーツをきっちりと着こなしているザムザに対して、ツクモはフード付きのゆとりあるジャケットをまとい、大きめの袖をひらひらさせながら軽い足取りで歩いている。

ツクモは背が低いわけではないので、あえてのオーバーサイズなのだろう。

「地下鉄に乗っていく。三十分以内で着くだろう」

「地下鉄、初めて乗る!」

ツクモは子どものように目を輝かせる。そんな様子に微笑ましさすら覚えるが、ザムザはすぐにその感情を振り払った。

ツクモはそんなに生易しい存在ではない。惑わされてはいけない。

「そう言えば、お前はいつもどうやって移動しているんだ。ふらりとどこかに行く時とか、徒歩圏内というわけでもなさそうだし……」

ザムザに問われたツクモは、不思議そうな顔をする。

「徒歩だよ」

「二十三区外に行くこともあるだろ？」

ツクモはザムザの事務所を拠点にしているが、よく何処《どこ》かへ出かけてしまう。当てもなくぶらついていることもあるようで、都外に行っていたこともあった。

「ビルの上とか走っていくから、その分、早いんじゃないかな」

つまり、直線距離で移動するということか。ザムザは日本橋に建ち並ぶ高層ビルを見やり、目の前の青年に胡乱《うろん》げな眼差《まなざ》しを向けた。

「ビルの上を駆け回っているのか？　そんな――」

そんなバカな、と言おうとして、ザムザは口を噤んだ。

相手は異界の存在だ。この世界の常識では括《くく》れない。

一方、ツクモはキョトンとしてザムザを見つめている。

「そんな？」

「……そんなこと、出来たらいいなと言おうとしたんだ」

ザムザは悩んだ挙句、目の前の不可思議な存在に気を遣ってしまった。

そんなザムザに、ツクモは笑顔になる。

「それじゃあ、ザムザも一緒に登ろう。おれ、良いビル知ってるから教えるよ」

「良い道知ってる、のノリで言うのをやめてくれ。俺は遠慮しておく」

「遠慮なんてしなくていいのに」

善意すら感じるツクモの視線に、ザムザは眉間を揉《も》んだ。

「俺の言い方が回りくどかったな。俺は不要だ。不可能だし、危険だからな」

「そっか」

ツクモはあっさりと引き下がった。振り回されたザムザは、小さく溜息《ためいき》を吐《つ》いた。

ツクモとは常識が違う。まるで、子どもの世話をする保護者の気分だ。

しかし、彼は子どものように駄々をこねるわけでもなく、妙なことに執着することもない。驚くほどドライで達観しているところもあり、ザムザはその温度差に眩暈《めまい》を感じた。

「温度差で風邪をひきそうだ」

「気温差ある？　病気はいけない。温めようか？」

「たとえ話だ」

ザムザはツクモの申し出を辞退する。仮にたとえ話でなくとも、一体、どのような手段で温められるかわかったものではない。

数々のビルを抜けて中央通りまで出れば、洗練された美しい街並みがふたりを迎える。

高島屋などのビルがいくつもそびえる中、馴染《なじ》みの丸善の建物を名残惜しげに見送ってから日本橋駅に続く地下道へと足を踏み入れた。

「ザムザ、今日は丸善の書店に行かないの？」

ツクモは、ザムザが丸善を眺めていたのを目敏《めざと》く見つけたようだ。

「仕事の前だ。のうのうと本を買ってどうする。寄るなら仕事の後だ」

「そっか。仕事の後に寄るなら楽しみ」

「……どうしてお前が楽しみにするんだ」

「だって、書店好きだし」

ツクモはあっけらかんとした顔でそう答えた。

ザムザは本を好む男だ。自分の好きな場所を好まれて悪い気はしなかった。

「なぜ好きなんだ？」

「この世界のことがわかるから。知識がいっぱい詰まってて、興味深い」

「そうか。お前は好奇心旺盛だからな。そんなに知識を集めてどうする気だ？」

「どうするんだろう。それを考えるために集めるのかも」

今はただ、興味が赴くまま、際限なく知識を取り入れているだけのようだ。

「ザムザの持ってる本、ほとんど読んじゃった」

「いつの間に……。まあ、見せて困る本はないが」

事務所にある書棚に並んでいるのは、民俗学やオカルトの本、ホラーやミステリー小説くらいか。ツクモ自身の方が、よっぽどホラーでミステリアスだが。

「だから、他の本も読みたい」

「いっそのこと、図書館にでも行ったらどうだ。今度案内してやる」

「やった。ザムザは優しいね」

「別に……優しくなんてない」

直接的な賛辞がむず痒《がゆ》くて、ザムザは思わず視線をそらした。ツクモのこういった純粋さには、どうも弱い。

地下への階段を下り、行き交う人々を器用によけながら、ザムザは先を急ぐ。ツクモもまた、早足で歩く人々の間を柳のような動きで進み、ザムザに続いた。

「だが、知識を得るだけなら、インターネットでもできるだろう?」

「インターネットの情報は移ろいゆくから、本の方が好き。タイムスタンプがあるし、わかりやすい」

ツクモは奥付の発行日のことを、タイムスタンプと呼んだ。

「……それに関しては同意だな」

理に適《かな》った考え方だ。それゆえに、ちゃんとした人間と話しているような錯覚に陥る。

　しかし、違うのだとザムザは自分に言い聞かせる。目の前の青年、式守ツクモは自分たちとは全く異なる存在なのだ。

　ザムザはツクモの切符を買って手渡した。

「これなに？」

「切符だ。それがないと電車に乗れない」

「ザムザは持ってないけど」

「俺は交通系ICのアプリをスマホに入れてる」

　ザムザはそう言って、改札機にスマホをタッチして通過した。ツクモがそれに倣って切符をタッチしようとしたので、ザムザは切符を入れる場所を教えてやった。

　無事に通過したツクモは、改札機から出てきた切符とザムザのスマホを見比べる。

「そっちの方が便利そう」

　ザムザに向けられたのは、露骨な羨望の眼差しだ。

「ああ、便利だ。だが、お前はスマホを持ってないだろう？」

「持ってるよ」

「持ってるのか？」

　駅のホームに辿《たど》り着くと、偶然にも地下鉄の列車がやってきたところだった。電車に初めて乗るらしいツクモは目を輝かせ、ザムザはその背中を軽く押して乗車を促す。無事に目的地に向かう電車に乗り込むと、車内には人がそこそこ乗っていた。

ザムザは改めてツクモに疑いの眼差しを向ける。

「スマホは気軽に持てるものじゃないだろう。そもそも、お前は金も持ってないのに」

「作った。ほら」

ツクモはなんということもないような顔で、ボトムスのポケットから端末を取り出してザムザに差し出した。

「作った……だと？」

「うん。あんまり上手《うま》くないかもしれないけど」

何も映していない、真っ黒な端末。形こそはスマホによく似ていたが、ザムザはその物体に得体の知れなさを感じていた。

だが、ツクモがなにをしたのか興味もあった。彼が引っ込めようとしないので、ザムザは恐る恐る端末を手にした。

その瞬間、パッと液晶画面がついた。

おや、と思って画面を覗《のぞ》き込んだが、それがいけなかった。

「……っ」

なにか暴力的なものが視覚から目の奥へと侵入し、脳が揺さぶられるような感覚に襲われる。海馬をほじくり返されるような不快感とともに、ザムザは膝を折った。反射的に液晶画面には、文字化けした無意味な文字列が無秩序に散らばっていた。それを理解しようとしてしまったのが、いけなかった。

「大丈夫？」

ツクモはザムザの目線に合わせるようにしゃがみ込む。

ザムザの視界には、そんなツクモ越しに車内の様子が入り込んだ。

列車の中が、何かおかしい。

先ほどまで、何の変哲もない日常風景だったはずだ。ビジネスパーソンや学生などが乗り込んで、各々のスマートフォンを弄《いじ》っていたはずだ。

しかし、今や車内は黴《かび》が浮いたように黒ずんでいて、屍《しかばね》のように生気がない人影が枯れた花のようにうつむき、ずらりと陰鬱に並んでいた。彼らの眼球は黒で塗り潰されていて、皆、一様に、何やら呪文めいた呟きを繰り返していた。

「……これは……違う」

ザムザは首を横に振り、双眸《そうぼう》を閉ざし、深呼吸をした。

しばらくの間、瞼《まぶた》の裏で眼球が痙攣《けいれん》し、前頭葉に杭《くい》を打たれるような痛みを感じていたが、それが収まった頃、ザムザはようやく両目を開いた。

照明の光が視界を照らし、日常が戻る。

目の前には、列車に乗車した時と同じ光景が広がっていた。

認知を歪まされていたのだ。

これが異界の力の、一端である。

「このスマホはダメだ……。人間が見ていいものじゃない」

ツクモはキョトンとしていた。

彼が意図してザムザの認知を歪ませたわけではないらしい。彼が生み出したという端末が、不完全だっただけだ。

「それじゃあ、アプリは入れられない？」

「アプリどころじゃない……。そもそも、使えるのか、それは……」

「メッセージは送れるけど」

ツクモは不思議そうに自分の端末を眺めていた。端末を生み出した本人にとって、何の変哲もない代物なのだろう。しかし、その端末で送られたメッセージがまともなものだとは思えない。

「これだから、異界は……」

ザムザは、己の感覚を取り戻そうとするかのように首を横に振った。

ザムザの顔色があまりにもすぐれなかったためか、優先席でスマホを弄っていた若者が席を譲ってくれた。申し訳なく思うものの、まだ視界が定まらないため、若者の厚意に甘えることにした。

なんという様だ。

仕事の前に調子を崩し、挙句の果てに優先席を譲られるとは。

目の奥で、あの無秩序な文字列が躍っているような気がする。

異界に精通しているザムザでなかったら、突然の異変に悲鳴をあげていたかもしれない。

脳に不快の残滓《ざんし》を感じながらも、ザムザは全てを拒絶するように双眸を閉ざし、地下鉄の揺れに身を任せることにした。

地下鉄に揺られて三十分弱。依頼主のアパートの最寄り駅に到着し、あとは徒歩で向かった。

そこそこの繁華街を抜けて五分ほどでアパートに到着する。大通りから一本入った通りに面しているため、駅近なのに静かで、立地としては悪くない。

ザムザの体調はすっかり回復し、見慣れぬ土地を興味深そうに見回すツクモを引きずりながら問題のアパートの敷地内に踏み込んだ。

古いコンクリートブロックに囲まれている、木造二階建ての昭和のにおいが色濃く残るアパートだ。郵便受けはそれぞれの家の前にあり、オートロックもテレビ付きインターホンも存在しない。

「ここか……」

おばけが出るという理由で、入居者が次々と去ってしまったアパートなので、人の気配なんてほとんどないはずなのだが、ザムザは何者かの気配を感じ取っていた。

「ツクモ、どう思う？」

ザムザは、アパートをじっと見つめているツクモに問う。すると、ツクモはアパートから目を離さずにこう言った。

「おれは懐かしいと思う。ここは落ち着く」

「そうか。異界が関わっていると思って間違いないな。異界から来たお前がそういうなら――」

その時、一〇一号室の扉が遠慮がちに開く。錆《さ》びた音を響かせながら開いた扉から顔を出したのは、初老の女性であった。

依頼主の大家である。

紹介者曰《いわ》く、一〇一号室は大家の家になっていて、依頼人はそこで待っているという話だった。

「あら、あなたたちは……」

「異界探偵の班目です」

　ザムザは帽子を取ると、社交的な笑顔を作る。警戒気味だった大家の表情が幾分か和らいだが、彼女の視線はツクモに向かった。

「彼は助手の式守です」

　ザムザはとっさに方便を述べた。

　ツクモは一瞬、キョトンとした顔をするものの、ザムザの意図を汲《く》み取ったのか、大家に人懐っこい笑みを向けた。

「あらあら。イカイタンテイって何かと思っていたけど、ハンサムな探偵さんと可愛《かわい》い助手さんじゃない。さ、上がってちょうだい。何もない家だけど」

「それでは、失礼します」

「おじゃましまーす」

　ザムザとツクモは大家に続いて一〇一号室に入る。

　大家が言うように、何も無い家だった。

　玄関から延びた廊下はキッチンにもなっていて、バスとトイレに通じる扉があり、突き当たりに六畳の和室があるのだが、古びたちゃぶ台と座布団があるくらいだ。

　キッチンに調理器具などはなく、年代物の冷蔵庫がある程度か。

大家はふたりをくすんだ色の座布団に座らせると、冷蔵庫からペットボトルを取り出して、ついさっき百円ショップで買ってきたであろう新品の湯飲みに注ぐ。それをザムザとツクモに出すと、自分もまたくたびれて平たくなった座布団に腰を下ろした。

「ごめんなさいね、こんな家で」

「あ、いえ……」

「ここのところ家庭の事情で、埼玉の本宅にずっといたのよ。だから、このアパートにはほとんど戻っていなくて」

「ああ、なるほど」

大家の説明に、ザムザは合点がいった。

大家には埼玉に本宅があるのだが、今まではアパートの管理をかねて、この一〇一号室に住み続けていたらしい。しかし、家庭の事情でしばらく本宅にいなくてはいけなくなったようで、長い期間、空けていたそうだ。

その間、退去者が続出したという。

その理由は、おばけが出るから。だが、大家には霊感というものはなく、おばけも見えない。

どういうわけか新規の借り手もつかず、このままでは家賃収入がなくなってしまうと危機感を覚えた大家は、口コミで聞いた池袋の或る事務所へ相談に行ったらしい。

そこで、異界探偵を紹介されたのだ。

「ねえ、班目さん。異界って何なのかしら。私は最近のことがわからなくて」

大家は途方に暮れた顔をしながら、お茶を一口すすった。ザムザもまた、つられるようにお茶に口をつける。

「最近のことというわけではありません。どちらかと言うと、民俗学的な話です」

「あら。それじゃあ、班目さんは民俗学の学者さん？」

「いいえ、そこまでの専門家というわけでは……。祖父が造詣の深い人だったので、多少の知識を受け継いでいるだけです」

「そうなのね。それじゃあ、教えてくださる？　私にわかればいいのだけど」

謙遜するザムザの態度を気に入ったのか、大家は熱心に耳を傾ける。

「異界という概念は、実は古くから馴染みがあるものです。最も身近なものは、あの世でしょう。他にも、森や海、別の地域などという境界の外にあるものも異界とされていたことがあったんです」

「あの世ならばわかるわ。だから、おばけが出るという話で、異界探偵なのね」

大家なりに納得がいったようだ。

「それじゃあ、班目さんは霊能力者さん？」

「それは……少し違いますね。飽くまでも個人で研究している者にすぎませんよ」

ザムザは曖昧な笑みで濁した。

ザムザが大家に説明したのは、一般論にすぎない。ザムザ自身が扱っている異界は、あの世ではない。

しかし、一般に周知するにはあまりにも複雑かつ危険で、知らないものには秘匿としておきたかった。

「異界について、知りたいの？」

二人の様子を眺めていたツクモが、不意に口を開く。お茶は飲み干してしまったのか、湯飲みは空になっていた。

「そうね。自分の物件に何が起こっているのか知りたくて」

大家の興味はツクモに向く。

「そっか。それじゃあ――」

ツクモは説明しかけるが、ザムザの手がツクモを制止した。

「深入りすると良くないことが起こるので、解説はこの辺りで」

「あら、そう……」

大家は残念そうにするが、素直に引き下がった。

嘘《うそ》は言っていない。異界に関わると不幸になることを、ザムザは知っていた。

ツクモは、しばらくの間、不思議そうにザムザを見つめていたが、やがて、本人なりに状況を理解したのか、言葉を呑《の》み込んでくれた。

　ザムザは胸を撫《な》で下ろす。

　異界に近づけば近づくほど、異界もこちらに歩み寄ってくる。だからザムザは、一般人が不用意に近づく前に、異界との繋がりを断たなくてはいけない。

「霊能力者さんでも探偵さんでもどちらでもいいわ。このアパートでおばけが出なくなって、また、人が入ってくれるようになれば」

「そうなるように努めます」

　ザムザは大家に約束し、大家から話を聞いて見積書を作成する。

　異界探偵の仕事は命がかかっている。報酬は安くない。しかし、大家はザムザの丁寧な説明に頷き、報酬を支払うことを約束した。

「蜂の巣の駆除ならば自分でできるんだけど、おばけの駆除はねぇ……」

「蜂の巣も業者に任せた方がいいですよ。刺されたら大変ですし」

「でも、蜂はちゃんと見えて、針が危険だってわかるからいいのよ。おばけは何が危険で、どんな姿をしているかわからないじゃない？」

「ええ……、まあ」

　ザムザは言葉を濁して曖昧に笑い、反射的に目を凝らす。物質的な視力ではなく、認知的な視力へとチャンネルを合わせ、一〇一号室と大家自身を観察した。

「家賃収入のことも心配だけど、この家に来るたびに肩が凝って……。疲労のせいかと思ったんだけど、これもおばけのせいかしらね」

大家は冗談めかすように苦笑する。

ザムザの「目」には映っていた。

大家の肩に絡みつく、蛇のようにぬらぬらした存在が。それは天井からずるりと垂れているが、その大本は天井の向こうにいるのか正体がわからない。

天井に穴が開いているわけではない。天井を貫通しているのだ。

その様子に、実体ではないことがよくわかる。異界を知らない人間は、「おばけ」だと思うだろう。

その存在は、ほのかに青い燐光《りんこう》を放っている。空よりも青く、海よりも深く、何よりも惹《ひ》かれて何よりも不吉なその光は紛れもなく――。

「異界だ……」

「えっ？」

ザムザの呟きに、大家が聞き返す。

その時だった。大家の肩に絡みついていた存在が、大家の首に向かおうとしたのは。

「危な……」

ザムザは大家に声をかけようとしたが、風を切るような音が耳を掠《かす》めた。

刹那、同じく燐光を放つ触手のようなものが鞭《むち》のようにしなり、蛇のような存在を打ち据えた。

ばっと打ち据えたところから黒い霧が破裂して、蛇のような存在は輪郭を失う。

途端に、アパート全体が揺れた。天井を震わす鳴動は地響きのようにも思えたが、ザムザにはそれが悲鳴だと認識できた。

「な、なに？　地震？」

大家は目を白黒させてうろたえる。

大家には見えていないのだ。霧状になってもなお、悶《もだ》えるように蠢《うごめ》く存在が。

ザムザは、とっさにツクモの方を見やる。触手のようなものが飛び出したのは、彼の方からだった。

「お前、今……」

ザムザに声をかけられると、ツクモは血のような色の瞳を向ける。含み笑いを隠そうともしなかったので、すぐにツクモの仕業だと確信した。

ザムザは眉間を揉むと、ひとまず大家を宥《なだ》める。

「……大丈夫です。地震ではありません」

「それじゃあ、霊障なの？」

「……その可能性はありますね。我々が調査をするので、しばらくお待ち頂ければと。

ただし、このアパートではなく、近くの喫茶店がいいでしょう」

「ええ、そうするわ。お願いね」

大家はザムザにすがり、ザムザは深く頷いた。

ザムザは大家の連絡先を受け取り、彼女を敷地の外へと見送った。繁華街にカフェがいくつもあったので、避難先を見つけるのは容易だろう。

逃げるように去っていく大家の背中が見えなくなったのを確認すると、ザムザはツクモに向き直った。

「おい」

「なに？」

「さっきは、何をした？」

「守ったんだよ、依頼人を。ザムザも見えてたでしょ」

しれっとした顔のツクモは、小首を傾《かし》げる。

「ああ、見えてた。驚いたが……まあ、助かった。俺にはああいう力業はできない」

「そっか。よかった」

ツクモはぱっと素直な笑みを浮かべる。あまりにも純粋なその表情に、ザムザはいささかの罪悪感を覚えた。

「……その、まさかお前が、ちゃんと人間を助けてくれるとは思わなくてな」

すまない、と続けようとしたザムザであったが、ツクモが答える方が早かった。

「だって、供物をもらったし。その分の恩寵《おんちょう》はあげないと辻褄《つじつま》が合わないから」

「供物……？」

「ザムザもらってたよね？」

不思議そうなツクモに対して、ザムザは首を傾げそうになったが、ふと思い至った。

「お茶か」

「そう」

「あれは供物というか、もてなしなんだが……。まあ、いいか」

結果的に、大家は助かったのだから。

ツクモが干渉しなかったら、大家はどうなっていたかわからない。少なくとも、肩が凝る以上の悪いことが起こったに違いない。

「そんなことより、先ほどのあの存在は《異邦神》で間違いないな」

「そうだね。この落ち着く感じとあの燐光は、間違いない」

ツクモは頷く。ザムザは落ち着かないどころか、全神経を逆なでされているような感覚すらあるのだが、それはさておいた。

《異邦神》。

それは、異界から来訪したという人智《じんち》を超えた存在の総称だ。異界探偵はその存在の目を誤魔化しながら、事件を解決しなくてはいけない。

何故《なぜ》なら、彼らはこの世界の生き物とは全く異なる存在で、こちらの予想だにしないことを躊躇《ちゅうちょ》なくやってのけるから。

正面衝突して勝てる相手ではない。ザムザは今まで何度か《異邦神》と出会ったことがあったが、認知を歪まされて、あわや自ら命を絶とうとしていたこともあった。

《異邦神》は恐るべき存在だ。関わらないのが一番だ。

それは、ザムザも自覚していたのだが――。

「二階だな」

天井から伸びていたのは、《異邦神》の腕だろうか。いや、足かもしれないし、他の器官かもしれない。なにせ彼らは、この世界の常識に縛られないのだから。

そして、そんな恐ろしい存在が、すぐ隣にもいる。

「おい、ツクモ」

「なに？」

「あいつに心当たりはあるか？」

「ないよ」

ツクモはあっさりと答えた。

「お前も《異邦神》だろう」

「ザムザは、全人類を把握してるの？」

「してないな。悪かった」

ツクモの的確な喩《たと》えを前に、ザムザは即座に謝罪した。

「ザムザって律義だよね」

「お前ほどじゃない」

ザムザはツクモに言葉を投げると、二階へと繋がる外階段を上る。ところどころ錆びた鉄の階段は、一段上るたびにギシギシと揺れた。

ツクモは協力的で好意的だ。常識はずれなことをする時もあるが、先ほどもお茶一杯と引き換えに、大家の危機を救ってくれた。

だが、ザムザはツクモに心を開けない。

ザムザは知っているのだ。式守ツクモが人を食らうことを。

自分もいつ食われるかわからない。それどころか、依頼人である大家が食われるかもしれない。

ツクモが人を救うきっかけがわからなかったように、ツクモが人を食らうきっかけもよくわからないのだから。

「ザムザ、なんか恐れてる？」

ツクモが、ザムザの後ろから階段を上りながら問いかける。ザムザは彼の方を向かず、適当に受け流すことにした。

「そうだな……。異界がらみで《異邦神》が待ち構えているわけだし」

「違う。恐れているのはおれでしょ？」

図星だった。

ツクモは常識をよく知らないくせに、こちらの感情の機微を読むことには長《た》けていた。なにで感知しているかわからないあたりが、やはり《異邦神》だ。

「大丈夫だよ、ザムザ」

階段を上り切ったところで、ツクモがザムザの手を取る。

ツクモの手は、気味が悪いほど体温が感じられない。血の流れも脈打つ気配もない。

それでも、ツクモは笑っていた。満面の笑みだ。

「おれはザムザの味方。だって、ザムザがおれを召喚してくれたんだから」

罪悪感が胸奥を衝《つ》き、ザムザは胃がひっくり返るほどの嫌悪感で満たされる。

嫌悪の気持ちは目の前の存在に向けられたものではない。自分自身を戒めるものだ。

大家は意図せず《異邦神》が現れて困っている。

しかし、ザムザは意図して、目の前の《異邦神》を呼び寄せてしまった。

何よりも罪深くて何よりも醜い、惨めな毒虫にでもなったような錯覚に陥りながら、
ザムザは自らの役目を全うしようと、眩暈を抑えながら歩き出した。

「僕は班目さんの味方です。だって、班目さんが僕に生きる道を示してくれたんですから」

ツクモと同じ顔形をしているが、ツクモよりもずっと遠慮がちな表情をするその青年は、尊敬の眼差しをザムザに向けてくれていた。

彼の曇りなき双眸がフラッシュバックするたびに、ザムザは自身の愚かさと未熟さを自覚して嘔吐《おうと》しそうになっていた。

ザムザはツクモの手を振り払い、彼の方を見ないようにして調査を始める。

二階の外廊下に面して、部屋が三つある。アパートは全六戸となっていて、そのうちの一つは大家が使っているということらしい。

ザムザは手帳を開き、大家から聞き取ったことを再確認する。

退去した人たちは口を揃《そろ》えて「おばけが出る」と言っているが、その証言が一致しない。

「誰もいないはずの部屋の中に人影を見た」「夜中にお経を唱えるような声がした」「夜に目が覚めると誰かが顔を覗き込んでいた」「人魂《ひとだま》を見た」など、全てを併せたらとんだおばけ屋敷になってしまう。

「認知を惑わされているんだ」

　ザムザは、そう結論付けた。

　自分たちが何らかの現象を「人影」と思ったり、「お経」と思ったりするのは、何らかの現象に意味を見出《みいだ》そうとした結果なのだ。同じものを観測して結果が異なるということは、認知を惑わされている可能性が高い。

「《異邦神》は認知に干渉する存在。連中が関わっているのなら、おかしなことじゃない」

　更に言えば、大家が《異邦神》の一部を見られなかったのもまた、認知を惑わされているがゆえであった。

「しかし、どうして大家さんだけ『おばけ』を感知できなかったんだ？　他の入居者は、何らかの怪現象を感じて出ていっているのに」

「この建物の全ての権限を持ってるからじゃない？」

　ツクモがザムザにそう言った。

「……大家さんを怖がらせたら、この建物がなくなってしまうかもしれないと思って？」

　人がもう住めないと理解すれば、解体に至るかもしれない。それが、《異邦神》にとって不都合だということか。

「うん。だから取り込もうとしたんじゃないかな」

「取り込もうとした？　さっきの《異邦神》の動きは、そのために？」

「たぶんね。おれはその個体じゃないからわからないけど」

ツクモは平然とした顔で言った。彼らにとって、特段、変わった感覚ではないのだろう。

「……聞きたくないが、具体的にはどうしようとしたと思う？」

「同化、寄生、脳を弄って認知を操る。そうやって、おれたちを追い出そうとしたのかも」

「最悪だ」

ザムザの口から、率直な感想が漏れた。

「でも、触れた感じだと力ずくは苦手みたい。それならザムザにとって、そんなに危険じゃない」

「……有益な情報、感謝する」

「やったー。役に立った」

ザムザの皮肉にも近い謝辞に、ツクモは素直に喜んだ。

《異邦神》は一般人の認知を歪めることができ、姿を隠したり、そのものではない姿で人前に現れたりすることも多い。

だが、ザムザの「目」は誤魔化せない。

ザムザは彼らの痕跡を見つけ、認知の歪みを正すことができるのだ。そして、ほんの少しだけ干渉もできる。

それでも、ザムザの精神の強度は人並みであったし、認知の歪みを正すのは自覚的に行わなくてはいけない。

つまり、自身の認知が歪められていることに気づかなければ、ザムザもまた一般人のように惑わされてしまうのだ。

あまりにも弱く、あまりにも小さな存在だとザムザは自身を卑下していた。

しかし、そんな彼にも使命があった。

「異界に関することは、一つでも多く世間から隠さなくては……」

何故なら、彼らは危険だから。今、隣でザムザの助手然とした顔をしているツクモもまた例外ではない。

ザムザは、手帳の情報と、扉横の表札に記された部屋番号を確認する。

目の前にあるのは、大家の部屋の真上である二〇一号室だ。空き部屋になっているそうで、鍵は郵便受けの中にあるという。

郵便受けを開くと、大家が言うように鍵があった。その隣では、虫が腹を見せて死んでいた。

嫌な気持ちになりながらも、ザムザは鍵を手にし、二〇一号室の扉を開く。

ムッとした埃《ほこり》の臭いに迎えられ、ザムザは思わず顔をしかめた。

室内は、一〇一号室と同じ間取りだった。

室内の家具は全て運び出され、残置物はない。奥の部屋の掃き出し窓から陽光が射《さ》していて、駅近物件を求めていて築年数にこだわらない人間にとって、条件が良い物件に見えた。

ただし、それはこの世で構成される要素に限る。

「やはり、異界の痕跡があるな」

ザムザが目を凝らすと、部屋の陰にほのかな燐光が見えた。

やけに引き寄せられるが、不吉でたまらない青い光。それは緩慢な稲妻のように、光の軌跡を描いて虚空へと消えていく。

《異邦神》の姿はない。

蛇のような異形の存在が垂れていたのは一〇一号室の上からであったが、《異邦神》に物質的な隔たりなど意味がないので、真上にいるとは限らない。

「いい部屋だね」

ザムザの背後からひょっこりと顔を出して、ツクモが言った。

「お前にとっていい部屋ということは、俺たちにとっては住みづらい部屋ということだ」

「どうだろう。意外と平和に住めるかもしれないよ」

「俺たちにとって、同化や寄生や脳を弄られることは平和とは言わない」

ザムザはにべもなくそう言って、室内に足を踏み入れる。

燐光に触れぬように室内を観察するが、異界の痕跡がある以外に異常は見られない。

いや、異界の痕跡がある時点で、かなりの異常だが。

「これだけ異界の痕跡があるのなら、おばけが見えてもおかしくないな」

認知を歪められ、自分が怖いと思うものや未知だと思うものと認識するという現象が発生するかもしれない。そして、恐怖や未知の対象は人によって異なるので、証言もまた異なる。

「だが、お経の話が気になるな」

その証言だけ、聴覚によるものだった。証言したのは二〇二号室の住民だ。話を聞いてみたいが、その住民も今はいない。

ザムザはツクモとともに、二〇二号室へと踏み込む。

すると、二〇一号室とは様子が違っていた。残置物だらけなのである。

「家具を残して出て行ったのか？」

今も生活しているのではないかと思うほど、生々しい生活跡が残っている。

しかし、どれも埃が積もっているので、家主が帰ってきていないのは事実だろう。

ツクモもまた、物に溢れた部屋を興味深そうに眺めていた。

「物がいっぱい。住んでる人間だけいなくなったのかな」

「そのようだな。片付けるのが面倒だったのか、よほど怖い思いをしたのか……」

恐らく、後者だろう。

片方の壁には家具がずらりと並んでいて、その上には写真立てや何らかの受賞記念品と思しきトロフィーも飾られていた。

どれも思い出の品だろう。置きっ放しにするのには、深い事情があったに違いない。

布団は反対側の壁にくっつけるような状態で、敷きっ放しだった。

今飛び起きたかのようであったが、例に漏れず埃をかぶっているので、布団の主はとうの昔に飛び起きたのだろう。

この部屋も、やはり異界の痕跡が見られる。

吸い寄せられるようにやってくる燐光を煩わしげに避けながら、ザムザは二〇二号室を後にした。

「この部屋も痕跡だけだな。肝心の《異邦神》はいない」

ザムザはそう言って、元来た道を戻ろうとした。

「そうなると、一階か？　だが、《異邦神》の一部が見えたのは天井からだった。一階にいる可能性は低い。とはいえ、俺の目的は《異邦神》そのものではなく――」

「ザムザ」

外階段に向かおうとするザムザを、ツクモが呼び止めた。

「どうした？　何か見つけたか？」

ザムザが振り返ると、ツクモは二〇二号室の扉の前から動かずに首を傾げていた。

彼の血の色にも似た双眸に見つめられ、ザムザはハッとした。何か、異様な違和感がある。

ツクモは整った唇を動かして、こう尋ねた。

「どうして、奥の部屋を確認しないの？」

二〇三号室。

ツクモの背後にある廊下奥の部屋。その扉を認識した瞬間、ザムザの目の奥に痛みが走った。

「――っ……！　それは……入居者がいるから……」

そう、二〇三号室は唯一の入居者がいる部屋だ。そして、大家と警察が念のため入り込んだが、何の問題もなかった部屋だ。

何の問題もなかった。それならいいではないか。

脳内でそう処理しようとするのを、ザムザは振り払った。それは違う、と自らに言い聞かせる。

違和感はあった。

二〇二号室の家具は、何故か二〇三号室側の壁に集中していた。

それに加え、布団は二〇一号室の壁に押し付けられるように敷かれていた。まるで、二〇三号室側から逃れたがるように。

二〇二号室の住民は、「夜にお経が聞こえるから、おばけだと思った」という理由で退去している。

それが本当にお経かはさておき、何らかの不審な物音が二〇三号室からしていたのではないだろうか。だから、家具を壁代わりにして音を防ごうと試み、自分は二〇三号室から少しでも遠い場所で眠ろうとしたのだ。

そのいずれも、無駄な努力で終わってしまったようだが。

明らかな違和感と、簡単な推測。そんなこともできなかったなんて。

「……どうやら俺も、認知を歪められていたらしい」

ザムザは双眸をぎゅっと閉ざしたかと思うと、精神を統一する。

深呼吸をして数十秒後、目を開いた瞬間、燐光の群れが視界に飛び込んできた。

「うっ……」

呻《うめ》き声《ごえ》が思わず漏れる。

二〇三号室の扉からは、青い燐光が漏れていた。

それはあまりにも激しく、光の軌跡は嵐によってもみくちゃにされる木立の枝のようで、一目見て尋常でない状態だということがわかった。

「異常がないだと？　そんなわけないだろう……」

大家も警察も、二〇三号室の住民から応答がないことを訝《いぶか》しく思い、やむを得ず突入した。

しかし、彼女らは異常なしと判断した。どうしてそう思ったのかは、よく覚えていない。

完全に、二〇三号室の中の何かに惑わされている。無理やり、異常がないと認識させられたのだ。

ザムザが己の目の曇りを晴らしたのを確認すると、ツクモはいささか嬉《うれ》しそうに微笑んだ。

「気づいてよかった。すごいよね、この部屋」

「お前は気づいていたのか？」

「うん」

ツクモは、悪びれることなく頷く。

「どうして教えなかった」

「聞かれなかったし。教えた方が良かった？　おれを頼ってくれてる？」

ツクモは目を輝かせる。ザムザは、首を横に振った。

「いや、いい……」

「そっかー」

ツクモは残念そうに肩を落とす。

ツクモの試すような態度が気に食わなかったが、どうやら、侮られていたわけではなかったようだ。それに、ツクモの問いかけのお陰で、ザムザは自らの違和感に気づけた。

だから、これ以上力を借りる必要はない。ザムザは、自分でできることは自分の力でやりたかったし、この得体の知れない相手の力を借りることは憚《はばか》られた。

大家は、たった一杯のお茶で尊厳を救われた。それは釣り合っているようには見えない。ツクモの価値観とザムザの価値観には相違があるのだ。

大家の件は、ささやかなもてなしが大きな救いになったのでよかった。だが、その逆が発生する可能性もある。

ザムザがツクモに補助を求めたがために、ザムザにとって大切なものを捧《ささ》げなくてはいけなくなってはたまらない。

そんなことを思いながら、ザムザは改めて二〇三号室の扉と向き直った。

郵便受けを覗いてみるが鍵はない。空室でないのだから当たり前だ。

「家主はどうしたんだろうな」

鍵は家主が持っているはずだ。家主とコンタクトが取れるなら、穏便に鍵を借りて部屋の中を確認したい。

「まだいるんでしょ？」

ツクモは部屋の中を指さす。

それを見て、ザムザは眉間に皺《しわ》を刻んだ。

「この扉から漏れる光を見ても、中が無事でないことはわかる。流石《さすが》にいないだろう」

「でも、入居者はいるって」

大家はそう言っていた。まだ、住んでいると。

「家賃の引き落としができるから、そう認識しているだけかもしれない。口座に金が入っているのならば、そいつが尽きるまでは引き落としができるからな」

「おれもいると思うけど」

「……本当か？」

ザムザはツクモを見やるが、ツクモはなんということもない顔をしていた。

嘘を吐いている様子はない。そもそも、ツクモはザムザに嘘を吐いたことがない。

ザムザは、深く息を吐いた。大きな溜息だ。

「こじ開けよう。こんなに異界に近い状態の部屋で、無事だとは思えないが」

いや、だからこそこじ開けるしかない。鍵を持っている家主と接触ができないのだから。

「それじゃあ、そうしよう」

「……大家さんがスペアキーを持っているだろうが、今、連れ戻すのは危険だな」

「おれがやる？」

ツクモは首を傾げる。どうやら、彼には鍵がかかった扉を開ける術《すべ》があるらしい。

それならば、ツクモを頼るほかないだろう。

異界の存在は、一刻も早く処置した方がいい。ザムザの認識を欺けなかったと知れば、何をしでかすかわからない。

ザムザは覚悟を決めることにした。ツクモと取引をするのなら、慎重にいかなくては。

「開けるのに、何か代償は？」

「これが終わったら、丸善に寄りたい。ザムザも一緒に」

「それくらいなら別に構わない。この仕事が成功したら、一緒に行ってお前が欲しい本を一冊買ってやる」

老舗書店への同行が代償ならば安いものだ。どうせ、ザムザも行くつもりだったのだから。

「本当？　やった！」

ツクモは上機嫌で二〇三号室の扉と向き合うと、人差し指を鍵穴に添えた。

「鍵穴に何か……？」

ザムザが見守る前で、ツクモの指先の輪郭が蜃気楼《しんきろう》のように揺らめく。錯覚かと目を疑う間もなく、指先は肌の色を失って影となり、細い枝のように繊細に伸びて鍵穴に入り込んだ。

「……それは」

先ほど、大家を救った異形の存在だ。

「指先の構成を変えたんだ。鍵穴の中を探って、適切な形に変えるつもり」

ツクモは指先をねじ込むようにして鍵穴を弄る。

「そんな芸当もできるとはな」

「ベースになってるこの姿から、大きくは変えられないけどね。おれには『縛り』があるし」

「縛り？」

「おれがこの世界に召喚された時に、使った遺骨。それが、顕現に大きく関わっているから」

遺骨。

その単語に、ザムザの脳裏にフラッシュバックが起こる。

首を括った相棒の死体。

遅れて届いた相棒からの郵便物。《異邦神》の召喚方法。

喪失の痛みによって我を失い、遺骨の一部を持ち帰り、儀式に用いて――。

「開いた」

鍵が開く音とツクモの声に、ザムザは我に返った。

革手袋の中が汗でベタベタだ。動悸《どうき》を落ち着かせようと、ザムザは深呼吸をする。

「開ける？」

ツクモはドアノブを指さす。扉も自分が開けるべきかと尋ねているのだ。

ザムザは首を横に振り、ドアノブを摑《つか》んだ。

「いいや、大丈夫だ。俺がやる」

ドアノブを捻《ひね》り、扉を慎重に開けようとする。

しかし、ごうっと内側から強烈な風が吹きつけて、扉はザムザの意図に反して勢いよく開いた。

生ぬるくて粘度の高い、やけに甘ったるく腐臭めいた向かい風だ。それは息が詰まるほどに濃厚で、ザムザの身体中《からだじゅう》をまさぐっていく。

「くっ……！」

ザムザは風に帽子を飛ばされぬように押さえながら、双眸を見開いて風の正体を見極める。

すると、見えた。目を眩《くら》ませるほどの青い燐光が。

和室も廊下も真っ青に染め上げられていて、光と闇が渦巻いている。

海の中かも、空の上かもよくわからない状態の部屋の中心に、黒に限りなく近い青き空洞が口を開けて待っていた。

「『ブルーホール』……」

一般的にその言葉は、海にぽっかりと開いた縦穴のことを指している。

しかし、ザムザのように異界に関わる者は、別のもののこともそう呼んでいた。

世界に開いた空洞。異界に続くトンネル。

それが青い燐光を放つことから、「ブルーホール」という呼称がついていた。

「すごいね。小規模だけどちゃんとした『道』だ」

ツクモはブルーホールを見て感心する。

「こんなものが敷地内にあったら怪現象も起こるわけだ。さっさと塞ぐぞ」

ブルーホールは、異界とこの世界を繋ぐ穴だ。放置していていいことはない。

ザムザが部屋の中に踏み込んだ瞬間、天井から何かが振り下ろされた。

ザムザは間髪を容《い》れずに後ろに跳んで難を逃れる。

振り下ろされたのは、大家を捕らえようとした蛇にも似た異形めいた触手だ。

「上か……！」

天井を見上げると、それはいた。

異界より来訪した人智を超える存在、《異邦神》。

目の前にいるそいつは、どれがどの部位かおおよそ不明の塊だ。無数の触手が絡み合って団子のようになり、どういう原理か天井に貼り付いている。

でたらめに蠢く触手のすき間からは、目が見えた。

いや、目だけではない。鼻も口もある。――顔だ。

球状の異形は、触手のありとあらゆる隙間に人間の顔が存在していて、真っ青な目でザムザを見つめ、どす黒い唇でニヤニヤと嗤っている。

その笑みは、好意か敵意かわからない。

ただ一つわかっていることは――。

「気味が悪いということだな……！」

生理的嫌悪感が込み上げ、刺すような寒気が背筋を撫でる。常人であれば身がすくむであろうその状況で、ザムザは地を蹴って走り出した。

目指す先は部屋の奥のブルーホールだ。

穴というのは、今までそこにあったものが消失したわけではない。切り取ったのならば、取ったものが存在し、掘ったのならば、よけたものが存在する。

ザムザの「目」には、それが見えた。

「このブルーホールは、幕か」

その空間を切り裂き、幕を上げるように異界と繋がったのだ。その証拠に、ブルーホールの周りに、まくれ上がった空間の切れ端が存在していた。

ザムザは超次元的な視覚によってとらえたそれを、革手袋をはめた手でしっかりと摑む。

空間の切れ端は物質的に存在するわけではない。しかし、正確に認知すれば、触れることができるのだ。

ザムザの異界の残滓を見ることができる「目」は、大いにその助けになった。

「閉まれ！」

ザムザは己の手が捉えた空間を引っ張り、ブルーホールに重ねる。すると、ブルーホールはあっさりと半分になり、溢れんばかりの風も和らいだ。

まくれ上がった空間の切れ端は、もう一つある。

ザムザが手を伸ばした瞬間、風を切る音が耳元を掠めた。

手を引っ込めようとしたが、遅かった。ザムザの腕は、あの球状の《異邦神》の触手に捕らえられていた。

「くそっ……！」

ザムザの腕が締め上げられる。ギリギリと締め付けられている感触はあるのに、相手は生き物のそれではない。

体温も感じなければ、脈も感じられない。ただそこにあるだけのモノ。

次の瞬間、何かが弾《はじ》ける音とともに、ザムザを拘束していた触手が霧散した。耳障りな悲鳴が真っ青な空間を震わせ、ザムザは反射的に耳を塞ぎたくなる。

《異邦神》の腕を打ち据えたのは、似たように体温のない存在だ。

鞭のようにしならせた影のようなシルエットが、ザムザの視界の隅を過ぎる。

「ツクモか……！」

背後で待機していたツクモの一部だという確信があった。返答はなかったが、ザムザは迷わずに作業を進める。

ブルーホールを塞ぐべく、まくり上げられた空間の切れ端を引っ掴み、残された半分に覆い被《かぶ》せた。

刹那、空間がぐにゃりと歪んだかと思うと、風が反転した。

ザムザはその場に踏み止《とど》まるものの、天井に貼り付いていた《異邦神》はなす術もなく引き剝がされる。

　異界から来た異形の者は、この世界の何者にも真似《まね》できぬような、声とは言い難いおぞましき絶叫をあげながら、わずかに残った青い穴へと吸い込まれる。

　次の瞬間、穴は完全に閉じた。

　わずかな燐光が残っていたものの、それもすぐに消えた。

「終わった……か」

　ザムザは深い溜息を吐く。

　辺りは驚くほど静かになっていた。

　開けっ放しの扉から、外のそよ風が入ってくるくらいだ。掃き出し窓にはカーテンが乱雑にかけられ、その隙間から光が射し込んで、薄暗い室内をぼんやりと照らしていた。

「すまない、ツクモ。助かった」

　ザムザは背後を振り返る。

　ツクモは相変わらず扉の前に佇《たたず》んでいたが、あの無邪気な笑みを浮かべることなく、ぼんやりとしていた。

「ツクモ？」

「ん、ザムザが無事でよかった」

感情が籠っていない、気のない返事だ。考えごとでもしていたのだろうか、とザムザは首を傾げる。

ツクモのことは気になるが、今は調査を優先しなくてはいけない。

「どうして、こんな場所でブルーホールが発生したんだ？」

異界との道が自然発生するのは稀《まれ》だ。基本的に、人の手によって発生させられる。

ザムザが部屋の中をぐるりと見回すと、理由がすぐにわかった。

腐臭が鼻を衝き、室内の惨状に目を覆いたくなる。

「……なるほど。儀式か」

ブルーホールがあった場所には、赤黒い血のようなもので複雑な図形が描かれていた。魔法陣の類だろう。

生贄《いけにえ》の断片なのか、すっかり干乾びた肉片と、乾いて枯れ枝のようになった骨が辺りに散らばっている。

そして、儀式を行ったであろう本人もいた。

ただし、バラバラで。

いくつかに分かれた上半身と下半身、そして頭部。それぞれが壁と同化して、悪趣味なアートのように部屋中に飾られていた。

先ほどまで《異邦神》がいた場所――すなわち天井に、召喚者の頭部が存在していた。シーリングライトのようにぶら下がり、今際《いまわ》の際《きわ》の恐怖に満ちた表情で、虚《うつ》ろな目をザムザに向けている。

完全にこと切れてから時間が経《た》っているはずだが、眼球には瑞々《みずみず》しさが残っていて、今しがた息絶えたかのような——いや、まだ意思を持っているようにすら見えた。

《異邦神》がいる場所は、この世界の常識には縛られない。

もしかしたら、このような有り様になっても尚《なお》、ブルーホールの影響で生かされ続けていたかもしれないと思い、ザムザは憐《あわ》れに思って手を合わせた。

「……大家さんは、入れない方がいいな。まずは……警察を呼ぼう」

大家にはひどい有り様だったので警察を呼ぶという旨を伝え、それから警察に通報しようとザムザは決めた。

ザムザが扱う事件の中では、珍しいことではない。

《異邦神》と関わったものは、不幸になる。

地獄めいた体験をして命を失うことがほとんどで、もし、一命を取り留めたとしても、精神が蝕《むしば》まれてしまって日常生活を送れなくなる者ばかりだ。

地獄を見て死ぬか、生きて地獄を見続けるか。

死んだ後に安寧がある保証もなく、魂を蹂躙《じゅうりん》され続け、筆舌に尽くし難い苦痛を未来永劫《みらいえいごう》味わうかもしれない。

だから、ザムザはブルーホールを閉じる。

《異邦神》を退け、人々から異界を遠ざけるのだ。

「これは……」

ザムザはふと、不自然なほど黴で汚れた薄汚い机の上に目を留めた。

部屋に描かれた魔法陣が記された紙だ。添えられた文章は《異邦神》を召喚する方法であった。

呪文のようなものも書かれている。召喚者がこれを唱えていたのを、隣人がお経と勘違いしたのだろう。

「こいつは、『異界文書』の写しか」

ザムザはその紙と、ともに置かれているものを幾つか回収する。これればかりは警察に渡すわけにはいかない。

「ツクモ」

「なに？」

扉の前で待っているツクモは、いつもの調子で首を傾げる。ザムザは現場を荒らさぬよう慎重に歩み寄り、室内を後にした。

「俺たちの仕事は終わりだ。警察を呼ぶ。俺は警察の事情聴取に協力するから、お前とはここで解散だ」

「丸善は？」

「俺が帰ったら行こう。どうせ事務所からすぐだ」

「そっか。それでいいよ」

ツクモが素直に頷いたので、ザムザは胸を撫で下ろした。

警察の事情聴取は慣れている。ザムザが居合わせた現場は、基本的に凄惨な怪事件の現場となる。そのまま立ち去れば、ザムザの立場が悪くなるのは目に見えている。だから、積極的に協力するのだ。ただし、異界のことは伝えないようにする。それでもなんとか法律的には辻褄が合うし、事件が解決することもあるので、警察もザムザを無下に扱わないのだ。

室内の異臭は、外廊下にも漏れていた。

ザムザは室内に燐光の欠片《かけら》もないことを確認すると、そっと扉を閉める。

「あっけないな」

「なにが？」

自然と漏れた呟きをツクモが耳聡《みみざと》く拾う。

「《異邦神》だ。あんなに奇妙で圧倒的で邪悪なことをする存在が、ブルーホールを閉じただけでいなくなるなんて」

二〇三号室の惨状の半分は、間違いなく《異邦神》によるものだ。

人智を超える存在と言われているだけあり、手法も必要性も、ザムザには全く理解できない代物だった。

だが、吐き気を催すほどの不快感は確かだ。邪悪という言葉が相応《ふさわ》しい。

「ブルーホールをちゃんと閉じられるヒト、きっと少ないから」

ツクモはザムザの瞳を見つめながら言った。

ツクモの瞳は、濁った血のような色であったが、純粋で真《ま》っ直《す》ぐでもあった。おぞましさがありながらも、奇妙な美しさを感じる双眸に、ザムザの異能を持った「目」の視線が絡む。

「確かにそうだな……。俺はたまたま異界の痕跡が見えるから、あっけなく閉じられるのか」

「それに、ザムザが会った《異邦神》はみんな、一部だけしか顕現できていなかった。完全に異界から独立していないから、繋がりを閉じると本体の方に引きずられるんだ」

「本体は異界にいる。あれはその一部ということか」

「そういうこと」

ツクモは頷く。

ならば、あっけないのも納得がいく。彼らは滅んだわけではなく、この世界に干渉するきっかけが無くなったに過ぎないのだ。

「……なら、お前は異界と完全に独立しているんだな」

「どうして？」

ツクモが不思議そうにするので、ザムザもまた訝しげな顔をした。

「お前はブルーホールを伴っていないだろう」

ツクモを召喚した場所には、ブルーホールが残っていない。ザムザはそれを思い出したのだ。

しかし、ツクモはキョトンとするばかりだ。

彼はしばらくの間、首を傾げていたが、ようやく、ザムザが言わんとしていることを理解したようだ。

「そっか、ザムザは気づいていないんだ」

「なんだと？」

「おれも一部しかこっちに来れてない。だからあるよ、ブルーホールが」

「……何処に？」

ザムザが問いかけた瞬間、ツクモの指先はザムザに向けられた。

虚を衝かれて目を丸くするザムザを見て、ツクモは口角を吊り上げて笑いながら、ザムザの胸に軽く触れる。

「きみの中さ、ザムザ。きみの中に空いた虚ろが、おれの繋がりなんだよ」

体温のないはずのツクモの指先が、やけに冷たい気がした。

ザムザはその冷たさを感じながら、自らの意識が遠のきかけるのを自覚した。

異界探偵の使命

第二章　異界探偵の使命

異界探偵
班目ザムザの
怪事件簿

ザムザは警察を待っている間、ある人物に連絡をしていた。

亡き祖父と古い付き合いで、ザムザが異界に関する仕事を引き継いだ時に知り合った相手だ。

異界文書を回収した時、ザムザはこの人物に必ず連絡をする。

「そうか。班目君、君はまた異界文書を見つけてくれたのか」

電話越しに、落ち着いた女性の声がする。

彼女の名前はイト。本人がそう名乗っており、祖父がそう呼んでいた。本名は不明である。

イトは異界文書の研究をしており、文書を厳重に保管していた。ザムザが回収した異界文書は、全て彼女に買い取ってもらうのだ。

そうすることで、世間の目には触れられなくなる。イトもザムザやザムザの祖父と同じく、異界の存在を一般人から遠ざけようとしているので、安心して託せる数少ない人物であった。

「発見し、回収しました。ですが、もう少し調査をしたいので、訪問はすぐでないほうが助かります」

「調査？」

　スマートフォン越しに怪訝《けげん》な声が聞こえる。

「どこで入手したか、探りたいんです。文書自体を調査するのではなく」

「ああ、それならばいい」

　イトは警戒を解いた様子だった。ザムザは胸を撫で下ろす。

「君は時として、冷静ではなくなるからな」

　撫で下ろした胸が、痛むのを感じた。

　イトは異界に精通しており、祖父が信頼していた人物だ。ザムザは自らが未熟であると感じていたので、異界のことは彼女に報告し、相談することにしていた。

　もちろん、式守ツクモの件も。

「因《ちな》みに、『鎮守式異邦神』……式守君だったか。彼はどうしている？」

「今のところ、自分の言うことは聞いてくれます。ある程度は」

「私も長年《異邦神》を追っているが、対話ができた例《ため》しはない。君が《異邦神》をそばに置き、同居人のように扱っているのは未《いま》だに信じられんよ。自分はそばに置くという選択肢はない」

　イトの声には、警戒と訝しさと興味がないまぜになっており、ザムザは胸の傷が疼《うず》く。

「まあ、君が監視しているなら多少は安心だが」

「ですが、自分も二十四時間監視できるわけではありません。その、睡眠を取るので……」

「大いに結構。人間は寝るものだ、班目君。寝ないと寿命を縮めるからな。私はもう、若い者の訃報を聞きたくない」

「すいません……」

ザムザの脳裏に、身近な故人の顔が過ぎる。彼が反射的に謝罪すると、イトは少し慌てた様子であった。

「いや、君を責めているわけではない。高枝君のことは非常に残念だったが——仕方がないことだ。異界に関わると、不幸になる」

「……とにかく、イトさんが事務所に来る日程が決まりましたら、またご連絡くださ い。——では」

ザムザはイトのフォローから逃げるように、通話を切った。

仕方がないことなんてない。

ザムザはずっと、自己嫌悪と後悔と自責にまみれてきた。

異界に関わると不幸になる。祖父がずっと言い続けていたというのに、他人を異界に関わらせ、不幸な結末をもたらしてしまったのだから。

＊　＊　＊

少し過去に遡ろう。

班目ザムザには、かつて相棒のような存在がいた。

高枝百舌鳥。成人したばかりの青年で、聡明《そうめい》であり勇気もあって、良くも悪くも若かった。

百舌鳥は、ザムザのように異界に対して造詣が深いわけでも、異能があるわけでもなかった。

ただ、異界に関する被害者を減らしたかった。さらに言えば、異界を利用する、とあるカルト宗教の魔の手を阻止したかった。

カルト宗教の名は、「全人類平等党」。

支部はあちらこちらにあるが、総本山の場所は不明。背丈が一様で星にも似たヒトガタのシルエットが手を繋ぎ、輪になっているという意匠を掲げている。

彼らは、表向きには慈善事業を行い、社会的弱者の救済を謳《うた》っている。

しかし、どういうわけか《異邦神》に関わりがあるようで、奇妙な儀式を行い、非人道的な手段で《異邦神》の召喚を試みているようであった。

ザムザが、異界に関する情報を得るために全人類平等党の裏の顔を探っていると、悲劇に見舞われて生きる気力を無くした高枝百舌鳥と出会った。

百舌鳥は、家族が全人類平等党に入信して命を落としたという。《異邦神》を召喚する儀式に巻き込まれたそうだ。

「僕のように大切な人を亡くす方を、一人でも減らしたいんです。そのために、班目さんを手伝わせてください。どんなに危険なことでもやりますから！」

百舌鳥は真っ直ぐな眼差しでそう言った。ザムザは、その決意を無下にすることができなかった。

「わかった。俺の助手という形で手伝ってほしい。ただし、異界関連は危険なことが多い。俺の許可なしに動かないでくれ」

ザムザはそう言って、百舌鳥をそばに置くことにした。

ザムザの目的は、《異邦神》の召喚を防ぎ、「異界文書」を回収することだった。

異界文書とは、主に《異邦神》を召喚する方法を記した謎の文章のことである。誰が何のために、どうやって作成したのかは不明だ。

ザムザの祖父は異界文書を回収し、処分をしたり、イトと協力して誰の目にもつかないところに保管したりしていた。祖父が亡くなった時、ザムザがその役目を継いだのである。

異界文書回収の一環として探偵事務所を始めたザムザのもとに、《異邦神》によって人生を狂わされた百舌鳥が訪れるのは当然であった。

ザムザもまた、守るものをなくしたこの青年が無謀なことを試みて、命を落とすことを避けたかった。

それなのに、悲劇は起こったのである。

百舌鳥はザムザに黙って、単身で全人類平等党を追ってしまったのだ。

相談する暇もなかったのか、油断をしていたのか、それとも気が逸《はや》っていたのか。

今となってはわからない。

だが、百舌鳥はある日、自宅で首を吊っているのが発見された。

発見したのは、百舌鳥と連絡がつかずに訝しんで自宅まで赴いたザムザであった。

家の鍵は開いており、室内を荒らされた形跡は見られなかったように思われたが、ザムザが渡したはずの資料が何故か消えていたのである。

自殺を装った殺人だ。

ザムザは確信していたものの、百舌鳥を喪《うしな》った痛みが大きすぎた。もっと彼に気を配ってやればよかったとか、自分の仕事に巻き込んだことも後悔した。身を裂くような想《おも》いが、彼の目を曇らせた。

悲しみにくれるザムザのもとに、封書が届いた。

差出人は百舌鳥。消印は富士山付近の某所。

中身は、異界文書の写しであった。

どうして、己のもとにそんなものを送ったのか。当時のザムザは混乱していた。冷静になれば、異界文書の写しを手に入れた百舌鳥が、誰にも奪われないようにとザムザに送ったのだと想像できるはずだ。百舌鳥は追っ手に勘付いており、念には念を入れたのだと気づけるはずだ。

しかし、ザムザは冷静ではなかった。

異界文書の写しには、代償を払えば願望を叶《かな》える『鎮守式異邦神』と呼ばれる《異邦神》の召喚方法が記されていた。

儀式に必要なものの中に、人間の肉体という記載もあった。

その頃には、司法解剖を終えた百舌鳥の遺体が荼毘《だび》に付されようとしていた。彼の喪主は親戚が務めたのだが、生前の百舌鳥が世話になったということで、ザムザも火葬に立ち会うこととなったのだ。

そこでザムザは、百舌鳥の頭蓋骨の一部を、ポケットに忍ばせた。

百舌鳥に会いたい。百舌鳥に会わなくてはいけない。会って事情を聴き、守れなかったことを謝りたい。

《異邦神》の力を使って、百舌鳥を蘇《よみがえ》らせなくては。

喪失の悲しみは、ザムザに歪んだ願望を植え付け、常軌を逸した行動に走らせた。

百舌鳥の骨を贄に捧げ、ザムザは禁じられた儀式を実行した。

『鎮守式異邦神』と呼ばれる存在が、それによって姿を現した。彼は、式守ツクモと名乗った。

百舌鳥と同じ顔形の、無垢にして残酷な《異邦神》。

その時、儀式の実行を察したかのように、数人の男がザムザの事務所に押し入った。

彼らは、全人類平等党の党員であった。

あわや命を奪われそうになったザムザであったが、ツクモが信じられない行動に出た。

ツクモは彼らを、食らったのである。

影も形も残さず、神隠しにでも遭わせたように。

そこでようやくザムザは正気を取り戻し、自らの愚かな行いに気づいた。

ツクモを異界に戻そうとするも、ブルーホールは見当たらない。そして、異界文書に《異邦神》を帰還させる方法は記されていなかった。

それ以来、ザムザはツクモをそばに置いておくことしかできなかった。彼がこの世界に災いをもたらさないよう、せめて自分が監視しなくては——と。

だがツクモは、ブルーホールはザムザの中にあると言った。

そんなことが起こり得るのだろうか。仮にその通りだとして、体内にある穴を閉じることはできるのか。

ザムザは、自らの手で触れなくてはブルーホールを閉じられない。ならば、閉ざすのはほぼ不可能だ。

ならば、ザムザはこの先も、ツクモと一蓮托生《いちれんたくしょう》なのだろうか。

＊　＊　＊

アパートの幽霊騒動を片付けたザムザが事務所に戻れたのは、深夜になってからであった。

「おかえり、ザムザ」

事務所の照明のスイッチを入れる前に、薄暗い部屋の中でツクモが言った。

ブラインドを下ろしていない窓から、街灯の光が入り込む。そのせいで事務所内はぼんやりと明るく、ツクモが赤い瞳でザムザを見つめているのがわかった。

百舌鳥は黒髪黒目の青年だった。赤い瞳と青が混じる不揃いな白髪は、ツクモと百舌鳥が似て非なるものだということを明らかにしていた。

ザムザは百舌鳥の幻影を振り払うように首を横に振り、照明のスイッチを入れる。

「すまない、遅くなった。事情聴取はいつも通りだったんだが、大家さんを宥めるのに時間がかかって」

「丸善、行く？」

LED照明に照らされながら、ソファの上にいるツクモは首を傾げる。ザムザは腕時計を見やり、首を横に振った。

「もう閉店してる。これからは無理だ」

「約束は履行されなかった。遺憾、遺憾」

ツクモは口を尖《とが》らせ、ソファの背もたれに身体を預けた。

「……後日では駄目か？」

「いいよ」

ツクモはあっさりと了承する。

「ザムザは約束を守ってくれる。誠実なのはおれが知ってる」

「誠実なものか」

ザムザはにべもなく言った。誠実な人間が、他人の遺骨を盗むはずがない。

「じゃあ、義理堅い？」

ザムザの想いを察したのか、ツクモが言い直す。

「……それは、褒め言葉として受け取っておこう」

ザムザは事務所の扉を閉ざし、鍵を閉めた。帽子を乱雑に掛け、ブラインドを閉めると、足早に所長机に向かう。

「丸善には明日行く？」

「……いいや。そうしたいところだが、最優先にしたいことができた」

「なに？」

「こいつを調査する」

所長机にあったリモコンを操作してテレビをつける。聞き耳を立てられていても、雑音で誤魔化せるように。

準備が整うと、ザムザは懐から現場で回収した異界文書の写しと、ともに置かれていた書類を机の上に並べた。

書類を検《あらた》めたところ、一枚は富士山の地形図、もう一枚は全人類平等党への勧誘チラシであった。

チラシには、不平等をなくして虐げられている人たちを救おうという大義名分が書かれている。それが、全人類平等党の主張であった。

確かに世の中は不平等で理不尽だ。弱き人々が犠牲になることは少なくない。

だからこそ、手を差し伸べられる人たちが動かなくてはいけない。

ザムザもそうすべきだと感じていた。全人類平等党は実際に慈善事業も行っており、その活動は称《たた》えるべきだとも思っていた。

しかし、《異邦神》と関わっているとなると、話は別だ。

「あの召喚者は、全人類平等党の思想に共感し、入信したに違いない」

ザムザが回収した書類の間から、一枚のステッカーが顔を覗かせた。人々が手を繋いでいる様子を表した、全人類平等党の意匠が描かれている。

「そして、ある場所に赴いた。そこで異界文書の写しを手に入れたのかもしれない」

地形図には印があった。

富士山の麓にある、青木ヶ原樹海の一角である。

「富士山は信仰が篤《あつ》い霊山だ。麓には多数の宗教施設がある。全人類平等党の施設があってもおかしくない」

そうなると、百舌鳥が富士山付近から異界文書の写しを送ったことも納得ができる。

百舌鳥は全人類平等党の施設にひっそりと辿り着き、異界文書の写しを奪って逃げたのだ。

「そこに行くの？」

話を聞いていたツクモが尋ねる。

「ああ。俺の動きが連中に悟られる前に、なんとしてでも潜入したい。百舌鳥がなにを見つけ、俺になにを伝えたかったのかを探るには、それしかない」

ザムザは、百舌鳥と同じ顔のツクモの方を見ないようにして、そう答えた。

「丸善はその後？」

「……そうなるな」

「じゃあ、おれも行くよ」

ツクモは、近所のコンビニについていくくらいの調子で言った。

「……それは願ってもいないことだが、どういう風の吹き回しだ」

「おれとの約束を履行する前に、ザムザに扉の向こうに行かれたら困るから」

「扉の向こう？」

独特の言い回しに、ザムザは怪訝な顔になる。

「おれたちの世界では、死んだら『扉』の向こうに行くってことになってる。で、生まれる時は、扉の向こうからやって来るんだ」

「その扉っていうのは、三途《さんず》の川《かわ》みたいなものか」

すなわち、生と死の境界。正確には、生まれてくる者は三途の川の向こうから来るわけではないのだが。

「生と死の境界が明確なのは意外だな。お前は、他人の生死に無頓着だと思ったが」

「それは、おれが扉の前によくいるからじゃない？」

「そうなのか？」

ザムザは、ツクモが《異邦神》であることを知っているが、どんな《異邦神》であるかをよく知らない。

異界文書には「願いを叶える」という都合がいいことしか書いていなかったし、本人は積極的に語ろうとしない。だが、実際にツクモと過ごしていると、分別なく願いごとを叶える存在ではないように思えた。

生と死の境界である扉の前によくいるというならば、三途の川の渡し守のような存在なのだろうか。獄卒や奪衣婆《だつえば》のような存在だったら嫌だな、とザムザは思う。閻魔《えんま》大王《だいおう》のような存在という可能性も過ぎったが、すぐに打ち消した。こんな緊張感がない閻魔大王も嫌だ。

ザムザは荒唐無稽な想像を振り払いつつ、話を戻した。

「俺に死なれたら困るから、守ってくれるということか？」

「そうだね。だって、きみの相棒は死んだわけでしょ？」

百舌鳥のことだ。ツクモが彼と同じ顔であっさりとそんなことを言うので、その無神経さに頭に血が上るのを感じた。

言い返しそうになるものの、ザムザはぐっと堪える。

ツクモは《異邦神》だ。全てが、人間の常識に――いや、この世界の常識に縛られない。

感情をぶつけたところで、返ってくるのは不思議そうな顔か、的外れな答えのどちらかである。

「……明日の始発で富士に向かう。俺は仮眠室で眠るから、アラームが鳴っても起きなかったら起こしてくれ」

ザムザは書類をまとめて鍵付きの引き出しにしまい込むと、席を立つ。

事務所にはシャワールームと仮眠室があり、ザムザはほとんど自宅代わりにしている。ツクモもこの事務所を拠点にしており、ときおり、勝手に出歩いては人間観察をしているという。

シャワールームに向かおうとするザムザに、ツクモが言った。

「起こして欲しいっていう願いは聞き入れられないな」

「どうして」

「だって、まだ丸善の約束が果たされてないから」

「……そうか。自力で起きよう」

ツクモはザムザが想像できないほどの力を持っているようだが、彼なりのルールの中で運用しているらしい。彼の中のルールから逸脱するものは、たとえ、些細《ささい》な頼み事であろうと受け付けなくなってしまうのか。

「まあ、起こす気になったら起こすよ」

「そうなることを祈ってる」

どうやら、彼が自主的にやりたいと感じたら代償やら約束やらは不要らしい。

ザムザは腹の虫が鳴くのを感じた。そう言えば、依頼を請けてからまともに食事をとっていない。

「……就寝前に飯を食うべきだな。食材はあったか？」

ザムザは事務所の小さな冷蔵庫と戸棚を開けて中身を確認する。簡単な料理を作れるほどの食材ならばあった。

「何か作るの？」

「パスタくらいなら。お前は食べるか？」

「食べた方がいい？　そうじゃなかったら、いらない」

「わかった。悪いが、俺の分だけ作らせてもらう」

ツクモは食事を取らなくてもいいらしい。といっても、不要なのは人間の食事というだけだが。

「ザムザ、非常食は置かないの？　なんだっけ。カップ麺？」

ツクモは首を傾げながら問う。カップ麺の方が簡単に食事を済ませられるのでは、と言いたいようだ。

「カップ麺ならある。だが、料理を作れるなら作った方がいい」

「それはザムザのこだわり?」

「そうだ」

ザムザは料理が嫌いではない。彼はこだわりが強い方で、時間があれば手間をかけたいほどだ。

「ザムザは珈琲《コーヒー》も豆から淹《い》れるよね」

「ひと手間かける方が美味《うま》いんだ」

「そうなんだ。おれ、ザムザの珈琲好きだよ」

ツクモの言葉に、悪い気がしない。ザムザはツクモのために珈琲を淹れてやろうと、珈琲豆を詰めた瓶に手を伸ばした。

「そういえば」

夜食の支度をしつつ、ザムザはふと思い出す。

「お前はどうして『式守ツクモ』なんだ? 異界文書には『鎮守式異邦神』と書かれていたが」

「異界文書に書かれてる名前は、便宜上つけられたものだと思う。でも、本当の名前はこの世界のヒトに難しい発音だし、おれは自分なりにザムザが呼びやすい名前を名乗っただけ」

「式守は異界文書の名前から取ったんだろうが、ツクモはどこから？」

ザムザが問うと、ツクモは両手の指をワキワキさせた。

「腕の数。おれの本体、九十九の腕があるから」

「そう……なのか」

意外であり単純でありながらもおぞましい理由に、ザムザの頬が引きつった。

ツクモは今こそ青年の姿をしているが、やはり、奇怪な姿の異界の存在なのだ。ザムザはその姿を目の当たりにする機会がないことを心底願う。

「速報です」

不意に、テレビに映るアナウンサーが、緊迫感のある声でそう言った。

ザムザは思わずつけっ放しだったテレビを見やり、ツクモもまたつられる。テレビの画面は、富士山の麓にある湖へと切り替わった。

「本日午後六時、上半身のない遺体が発見されました」

「なっ……」

ザムザは驚愕《きようがく》のあまり、思わず声を漏らす。ツクモはキョトンとして、ニュースとザムザの顔を見比べる。

「ザムザが行こうとしたところ？」

「ああ」

ザムザは短く頷き、ニュースを見続ける。

発見場所はキャンプ場の敷地内。上半身がない。つまり、下半身のみの遺体。損傷がひどく、性別や年齢は特定できないという。

人が寝転んでいるのかと思って声をかけようとしたら、上半身がなかったのだと遺体発見者が語る。キャンプに来ていたという若い女性で、顔面蒼白《がんめんそうはく》だった。

凶器で切断された形跡はなく、獣の噛《か》み痕《あと》のようなものがあった。熊などの大型の獣に襲われた可能性が高いとみられ、警察が捜査中とのことだった。

樹海には熊が生息しているという。有り得ない話ではない。

「熊の仕業……か？」

ザムザはすぐに地図を確認した。

異界文書の所持者の地形図にあったマーキングは、遺体発見場所の近くにある。そして、最寄りの郵便局もまた、百舌鳥の封書の消印と一致した。

無関係とは思えない。

ザムザは目の奥が痛むのを感じる。異界の燐光が閃《ひらめ》いたように錯覚したのだ。

「遺体を映してもらわないと状況がわからないよね」

ツクモは、さらりととんでもないことを言う。

「そんなことできるわけないだろう。テレビ局に苦情が殺到するぞ」

「なんで？　いつもはヒトをたくさん映してるのに」

どうやら、ツクモにとって生きている人間も死体も同じ扱いらしい。生死ではなく、人体という括りにしているのだろうか。

「ヒトは死を恐れるものだ。死体は死を連想させるから、本能的に拒否感があるんだろう」

「そっか。遺体をみんなに見てもらった方が、原因がわかりそうなのに。彼らは、事件の原因を探りたいんだろうし」

「事件の原因は警察が探ってる。素人の視聴者に見解を仰ぐよりも、遥《はる》かにいい」

比べるのも失礼なくらいだ。

そう続けようとしたザムザであったが、ツクモと目が合って口を噤んだ。ツクモは振り返り、ザムザを見つめている。

「……なんだ？」

「警察にも、ザムザみたいな異界探偵がいるの？」

「なんだと？」

反射的に聞き返してしまったものの、ザムザはツクモが言わんとしていることを察した。

「やはり、犯人は《異邦神》か……！」

「かもね」

ツクモはさらりと応じて、テレビの方へと視線を戻す。それ以上、彼の見解は聞けなかった。


富士山は霊験あらたかな山だ。

いにしえより信仰が篤く、その霊力にあやかろうと集まってくる者が多い。

富士山の周辺には宗教施設が多く、由緒あるものから新興宗教まで様々だ。立派な施設もあれば、簡易的な建物がぽつんとあるだけというものもある。

富士山周辺には青木ヶ原樹海が広がっており、鬱蒼《うっそう》と茂った木々のせいで昼間でも薄暗い場所が多い。

遺体発見場所は、そんな樹海からすぐ近くの、見晴らしがいいキャンプ場の敷地内であった。

富士山が近くに見え、その雄大さと美しさに舌を巻く。それと同時に、その清浄な存在に全てを見透かされているような気がして、ザムザは居心地の悪さを感じた。

空は広いが、どんよりと曇っている。キャンプ場にいる人はまばらで、利用者は遺体発見場所を遠巻きにしていた。

発見場所には規制線が張られ、地元の警察がうろついていた。

「話を聞かないの？」

踵《きびす》を返したザムザに対して、ツクモが問う。

「ニュースで明らかになっていること以上は教えてくれないだろう。それに、今は怪しい行動を控えた方がいい」

ザムザは凄惨な現場の常連ゆえに、顔見知りの警察官もいる。しかし、富士ではまだ顔見知りを作っていない。異界探偵という職業も一部の人間にしか認知されていないため、印籠代わりに使えなかった。

ザムザは、少し離れたところで現場を注視する。

何の変哲もない地面に、青い燐光が一瞬だけ見えたような気がした。

「異界の痕跡だ」

ザムザの嫌な予感が確信に近づく。

この遺体遺棄事件は、熊の仕業ではない。明らかに《異邦神》が関わっている。

「百舌鳥……お前もここに来たのか」

ザムザは亡き相棒に想いを馳《は》せるが、応える者はいない。元相棒の亡骸《なきがら》の一部を持っていて同じ姿をした存在は、隣で興味深そうにキャンプ場を眺めているだけだ。

そんな時、キャンプ場の一角から声があがった。

「だから、絶対にやめろって言ったのに！」

数人の若いキャンプ客が揉めているようだ。

ただの揉め事ではないとザムザは悟る。

彼らにまとわりつく空気は重々しく、皆、一様に緊張感と悲しみと恐怖に満ちた顔をしていた。

「どうしました」

ザムザは、彼らの話を聞くことにした。

すると、声をあげた青年が振り向く。彼の目は腫れ、鼻も赤くなっており、先ほどまで泣いていたことが見て取れた。

「何なんすか……、お兄さんは」

「友人と下見に来たんです。近々、仲間とともにここでキャンプをしようと思って」

ザムザはとっさに方便を述べた。様子を見ているツクモは友人ということにした。

すると、青年たちの表情が強張《こわば》る。

「やめたほうがいいです。マジで」

「熊が出るから？」

「熊なんかじゃない！」

青年は金切り声をあげた。

「熊ではない？　じゃあ、何が出るんですか？」

　ザムザは興奮する青年を宥めるように、やんわりと問う。青年とともにいた若者たちは、お互いに顔を見合わせた。

「……変な連中がいるんです」

　そのうちの一人が、遠慮がちに言う。

「変な連中？　この辺りに？」

　ザムザがキャンプ場の周りの樹海を見やると、若者たちは重々しく頷いた。

「……あそこに警察がいるの、なんでか知ってます？」

　先ほどの青年は、何とか自らを落ち着かせながらザムザに問う。ザムザは異界のことを伏せ、一般人のふりをした。

「熊が出て、誰かが襲われて亡くなったというのをニュースで聞きましたね」

「それ、俺らの仲間なんです」

「なっ……」

　ザムザは、思わず絶句した。彼らにまといつく重々しい空気の正体はそれが原因であった。

　上半身こそ見つかっていないが、下半身のボトムスに見覚えがある。それに、仲間が一人帰ってきていないという。

「俺、見たんです。樹海の中に変な施設があるのを」

彼らはキャンプ場から離れ、樹海の中に足を踏み入れたという。

青木ヶ原樹海は、自殺の名所という恐ろしい側面と、独特の生態系があり自然が豊かであるという興味深い側面がある。

数多《あまた》の要素を持つ樹海への単純な好奇心から足を踏み入れたのであって、深い意味はなかったそうだ。

しかし、彼らは見つけてしまった。

『この先、聖域につき立ち入りを禁ズ』という謎の看板と、樹海の中にポツンとある集落を。

辛うじて雨がしのげる程度の小屋がいくつもあり、うんざりするほど淀《よど》んだ空気の中、まるで死人のようにぞろぞろと蠢く人影があったという。

青年たちは気味が悪くなり、人影に見つからぬよう早々に立ち去って事なきを得た。

しかし、その中の一人は樹海の中の奇妙な集落に興味を持ってしまい、単身で向かってしまったのだ。

その結果、夕方に下半身だけがキャンプ場に戻ってくることになったのである。

「俺たちはやめろって言ったんだ。なのにあいつは、『行かなきゃ。呼ばれてる気がする』って言って、俺たちを振り切って……」

青年は目に涙を滲《にじ》ませる。彼の仲間もまた、悲しみと後悔が入り混じった顔でうつむいていた。

普段はそんな奴《やつ》じゃなかった。もっと慎重だった。なのに、何かに取り憑《つ》かれたみたいに樹海の中に消えていった。

青年は被害者に対して、そう証言していた。

ザムザは、何かに憑かれたかのように普段とは違う行動をする事例を知っている。

《異邦神》に何らかの干渉を受けた時だ。

「それは……大変でしたね」

ザムザは言葉を絞り出すように言った。

「このことは警察に話して、皆さんはしばらく一緒にいた方がいいかもしれません。あまり、一人にならない方がいいでしょう……。その、お互いに支え合った方がいいでしょうし……」

ザムザの気遣いに、青年たちは頷き、頭を下げた。

ザムザの発言には、彼らの喪失感を慰める意図以外も含まれていた。それは、お互いに監視し合った方がいいということだ。また、何らかの声を聞いたものが、樹海の中に入り込んでしまってはいけないから。

ザムザは踵を返し、ツクモの元へと戻る。

「樹海の中に謎の集落があり、《異邦神》が潜んでいるかもしれないということがわかった」

「ザムザ、どう?」

ザムザは声を潜めながらツクモに報告する。ツクモの反応は「へー」というあっさりしたものであったが、ザムザは最悪の気分だった。

既に一人の被害者が出ており、何人もの人間が悲しみに暮れている。

また、異界に関わって不幸になった人間が増えてしまった。

「……行くぞ。地形図に記された場所を探す。集落というのは、それかもしれない」

「うん」

ザムザがキャンプ場を出ると、ツクモも素直についてくる。緊張感がない様子だが、彼自身が《異邦神》なので仕方がない。

問題は、彼が完全な味方ではないことだ。ザムザの生命を案じてついて来ているようだが、彼がどこまで協力してくれるかは未知数だ。

ツクモにとって守りたいのは、ザムザの生命であって、安全ではないのだから。

だが、彼に安全を守るよう要求するわけにもいかない。

ザムザは既に借りを作っていて、ツクモは新しい貸しを作るのを拒絶している。彼の中でルール違反なのだろう。

それに、ザムザは本来、《異邦神》の召喚を阻止するために動いているのだ。ツクモは帰還させるべき存在であり、手を組むべき相手ではない。

なんとか一人で解決しなくては。

ザムザは改めて決意する。そうでなくては、祖父やイトのように自分と志を同じくしている者たちに申し訳が立たない。

そして、百舌鳥に対しても。

「……マーキングがあったのはこの先だが」

湖が望める車道沿いを歩いて数分。ふたりが辿り着いたのは、生い茂った藪《やぶ》の前であった。

その先は、木々が鬱蒼と茂っている。溶岩が冷えて固まったであろう大地は凹凸が激しく、独特の様相となっていた。

この先は、青木ヶ原樹海だ。

「行かないの?」

ツクモが首を傾げる。険しい道であろうと、彼は躊躇しないらしい。

「……行くさ」

ザムザは人目がないのを確認すると、樹海に一歩踏み込んだ。

その途端、ひんやりとした風がザムザを迎える。むせかえるような植物のにおいが彼を包み、木々のざわめきが鼓膜を震わせる。

高い木々に太陽の光が遮られているせいで、ぼんやりとした暗がりに放り込まれたようであった。

ザムザは、ツクモが続いて足を踏み入れるのを確認すると、慎重に歩み出す。なにせ足場が悪いので、油断すれば転倒する危険性もあった。

藪の小枝がボトムスに絡みつくのを振り払いながら、ザムザは安定した足場を選んで先へ進む。

一方、ツクモはひょいひょいと軽い足取りでザムザの隣に並んだ。体重を感じさせない身軽さに、ザムザは羨望の眼差しを向ける。

「ザムザ、ゆっくりだね」

「煩い」

反射的に毒づいてしまう。

さすがに大人気ないと思って謝罪しようとしたものの、ツクモはまったく気にしていないと言わんばかりの表情だ。

彼は、声を潜めて繰り返した。

「……ザムザ、ゆっくりだね」

「お前の声の大きさを咎《とが》めたわけじゃない」

「そうなの？」

　ツクモは不思議そうだ。

「お前の指摘が図星だったから、それに対して苛立《いらだ》ちを隠せなかったんだ」

　子供じみた行動をいちいち説明しなくてはいけないなんて屈辱的だ、とザムザは感じた。そんな心境も露知らず、ツクモは納得したように目を丸くした。

「そっか。おれの失言ってやつか」

「いや、俺も大人気なかった……」

「それじゃあ、貸し借りなしだ」

　ツクモは無邪気に笑う。そこは笑うべきところなのか、ザムザには理解しがたかった。

　道はどんどん険しくなる。

　ザムザはナビアプリを起動させて現在位置を確認するが、たいして近づいている気がしない。

「ツクモ。お前は足が早いから、先に行ってもいいぞ」

　ザムザの様子をちらちらと眺めながら、歩みを揃えるツクモに言う。しかし、ツクモは首を傾げた。

「おれはザムザの命を守りたいのに、先に行ったら意味がないよ」

「……それもそうか」

ザムザは深い溜息を吐く。

百舌鳥もこの道を通ったのだろうか。いや、別の場所からアクセスしたのかもしれない。さきほどは警察官がいたからキャンプ場から入ることを諦めたのだが、キャンプ客の話を聞く限りでは、キャンプ場からも行けそうだ。

溶岩でできた岩は苔《こけ》むしている。ザムザは苔で滑りそうになったが、なんとか踏み止まった。

こんなところで怪我《けが》なんてしている暇はない。百舌鳥の足取りを摑み、彼のなさんとしたことを引き継がなくては。

そうでなければ、百舌鳥に申し訳が立たない。彼をみすみす奪われ、その上、遺体の一部を《異邦神》の召喚に使ったのだから。

湿度が高く、じっとりと湿った空気が重い。

心なしか視界がかすんできた。霧が出てきたのだ。足場も悪いうえに、視界も悪くなるなんて最悪だ。

「あっ……!」

ザムザが不快感に眉根を寄せていると、ツクモが声をあげる。

ザムザにも、すぐにその理由がわかった。

『この先、聖域につき立ち入りを禁ズ』

そう書かれた立て看板があった。

湿度のせいか、木でできた看板は腐りかけていて、黒ずみに沈みかけた文字の上には、小さな羽虫が這《は》っていた。

目的地は近い。ザムザの歩みが速くなる。

それから、何分経っただろうか。数メートル先も見通せなくなりつつある濃霧の中、突如として木々が途切れた。

土地が拓《ひら》かれており、霧の向こうにトタンでできた建物がぽつぽつと並んでいるのがわかった。よく見れば小さな畑があり、自給自足をしているようであった。

紛れもなく、集落だ。

「ここか……？」

地形図のマーキングと一致する場所だ。そして、キャンプ客の証言と一致する場所でもある。

やはり、点と点は一つの線で繋がっていた。

湿度が異様に高く、息苦しいほどだ。シャツが身体中に貼り付くのがわかる。耳元では、羽虫がぶんぶんとせわしなく飛んでいた。

トタンでできた建物は、ようやく小屋と呼べるほどの大きさで、どれもひどく汚れていて陰気な空気を作り上げていた。

調査でなければ、一秒たりとも長居したくない。キャンプ客らが早々に立ち去った気持ちがよくわかる。

集落は奇妙な居心地の悪さと、異質な空気で満たされていた。海外に行くと空気が違うと言うが、それともまた違った、言うなれば地球の外にいるかのような、ちぐはぐな感覚が全身を支配し、今自分がいる場所が曖昧になる。

近くに水辺があるのか、水のにおいがする。それと、むせ返るような奇妙な生臭さも。

「おや、どうされました？」

不意に声をかけられた。

ザムザが振り向くと、年老いた男性が佇んでいた。腰はすっかり曲がっているが、足取りはしっかりしたものである。

男性は人の好《よ》さそうな笑みを浮かべているが、その肌は日に焼けておらず、真っ白だった。そのくせ妙にむくんでおり、肥満体型とはまた違った、どうにも生気を感じられない様子であった。

「すいません。道に迷ったようで」

ザムザもまた、笑顔を作って応じた。

ツクモは無言でザムザに頷く。話を合わせようとしているようだ。ツクモは常識が通じないところがあるが、聡明ではある。

ザムザは自分の仕事に集中することにした。

「道に迷った？　はて、あなたたちは道ではないところから来たようですが」

老人は笑顔のまま首を傾げた。

「樹海に興味がありまして。都心では見られないようなキノコが生えていると聞きました。残念ながら、我々が素人すぎてキノコどころでは無くなりましたが……」

「ああ、なるほど。東京から来たんですね。だから、この辺りで不慣れそうな格好をしているというわけですか」

老人は納得したようであった。

「青木ヶ原樹海は、道から外れるとあっという間に迷ってしまう。さぞ、焦られたことでしょう」

「ええ、まあ」

「しばらく休んでいってください。のちほど、公道に合流できる場所に案内しましょう」

「助かります。まさか、こんなところに集落があるなんて思いもしませんでした」

ザムザは、集落から受ける不快感を押し殺し、人当たりが良さそうな若者を装いつつ、集落について探ろうとする。

すると、老人の笑みが消えた。細めていた目を開き、じっとザムザを見つめる。

その目を見て、ザムザはぎょっとした。老化や病では説明できないほど、濁っているのである。

いや、淀んでいるといった方が相応しいか。

白目は泥水のような有様で、黒目は魚の鱗《うろこ》のようである。開いた口から見える舌は、やけに白かった。

「ここはね、我々の安息の地なんだ」

周囲から視線を感じる。ツクモは先ほどから、老人ではなく集落の建物の方を見つめていた。

視線はそこからだ。

濃い霧越しでもわかる。薄暗い室内から、余所者《よそもの》であるザムザとツクモをじっとりと眺めていた。建物という建物から敵意と悪意に満ちた視線を浴び、ザムザは笑顔が引きつりそうになる。

歓迎されていない。

それは明らかであった。このままでは、調査することもままならないだろう。

「安息の地、ですか」

ザムザは老人の言葉を慎重に繰り返すと、続けた。

「東京は厳しい街なので、自分もそういう場所が欲しくなる時があります」

「ほう。あなたはどこのご出身で？」

「東北ですよ。宮城県の奥地です」

嘘は言っていない。実際、ザムザの実家はそこにある。

その話を聞いた途端、老人の濁った目が興味深そうなものになった。

「そちらの方は？」

老人はツクモのことを探ろうとする。ツクモが口を開きかけたので、ザムザがそれを遮った。

「ずいぶんと遠いところから来まして。この辺は慣れてないんですよ」

「ああ、なるほど」

老人が相槌《あいづち》を打つと、ツクモは話に合わせるように笑みを見せた。

こちらも嘘は言っていない。とはいえ、異界から来た《異邦神》なんて言っても信じてもらえないだろう。――通常であれば。

ザムザは、集落の周辺にほのかな燐光を感じていた。はっきりと目視出来ないが、村全体がぼんやりと青く輝いているように見えるのだ。

しかし、その光は濃霧にほとんどかき消され、気のせいにも思えてしまう。

やはり、ここが目的地で間違いないだろう。調査が必要だ。


「お二人も、何かと生き辛《づら》いこともあるかと思います。そういった方なら、この村は歓迎しますよ」

老人がそう言うと、周囲の居心地が悪い視線もわずかに和らいだ気がした。

上手く気を許してもらうことができたと悟ると、ザムザは心の中で安堵《あんど》する。

「……ツクモ？」

それでも、じっと建物の方を眺めているツクモに首を傾げる。

いや、彼は集落の建物を見ているのではない。その先の、霧の向こうにある何かを見つめているようであった。

「どうした？」

「あっち、水があるね」

「ええ。我々にとって大事な沼があります」

老人が口を挟む。水のにおいは、そこから感じたのだろうか。

集落を覆う霧は、沼の方角が更に濃いように思えた。まさか、この霧は沼から湧いているのだろうか、とザムザは訝しむ。

それでも、表向きには平静を装うことを忘れない。

「なるほど、沼があるんですか。樹海は自然が豊富ですからね」

「ええ。聖地とも言える場所なので、近づかないでください。絶対に」

そう言った老人からは、再び笑顔が消えていた。

能面のような無表情で、濁った目にザムザとツクモを映す。

「……はい、わかりました」

ザムザは笑みを取り繕い、深く頷いた。

これは嘘だ。調査をしなくてはなるまい。

しかし、老人はザムザの了解に満足したようで、ふたりを集落で一番大きな建物へと案内したのであった。


トタン板で造られた小屋が並ぶ中、その建物は木造であった。

一番大きいとはいえ、この木造の建物も立派とは言えない。樹海の木を材料にしたのか、やけに不揃いであった。

建物の中も、うっすらと霧がかかっていた。

居住スペースは、簡単な居間と寝室があるくらいか。

家に入る前、プロパンガスのボンベが立てかけられているのを見た。電線も見当たらないし、電気は来ていないのだろう。水道も通っていない可能性が高いが、井戸があるのだろうか。

木床に茣蓙《ござ》が敷かれており、古びた座布団と塗装が剝げた折りたたみ机があった。

ザムザとツクモは座布団の上に促される。

ザムザは平静を装って腰掛けたが、その瞬間、ぶわっと埃が舞った。咽《むせ》そうになる代わりに、呼吸を止める。ねっとりとした埃まみれの空気を吸いたくなかったのだ。

だが、どんなに埃に巻かれても、ツクモの方は平然としている。

彼は人間のように生命活動をしていないのだろう。この時ばかりは、この人外な相方を頼もしく思った。

「どうぞ。お疲れでしょうし、お茶でも」

老人はニコニコと微笑みつつ、二人分のお茶を出す。

湯呑は縁が欠けており、中には濁った緑色の液体が注がれていた。

お茶というのは本当だろうか。

ザムザが密《ひそ》かににおいをかぐと、やけに生臭くて不快感を刺激される。お茶と称するその液体は、生命をひどく冒瀆《ぼうとく》しているもののように思えた。

ザムザは目を凝らす。

緑色の液体にも、ぼんやりとした燐光がまとわりついているように思えた。だが、それが液体そのものから発せられているのか、集落から発せられているのかの判別がつかない。

「おれはいらない」

ツクモはあっさりと断った。

「どうしてです？　我々のようなものの茶は飲めないと？」

老人は明らかに不機嫌そうな声色になった。

「彼は元々、そういう感じなんです」

このままでは探索が難しくなると判断したザムザは、とっさにそう言った。

「そういう感じ、とは」

「他人から出されたものを口にしない主義なんです。私が出したものを食べないこともほとんどで」

「……なるほど。そうでしたか」

「失礼をしてすいません」

「………いえ」

老人はじっとりとした眼差しでツクモを見つめるが、ツクモはどこ吹く風だ。

ツクモは、ちらりとザムザの方を見やる。何か言いたげな顔だ。

ザムザは視線だけで頷くと、お茶を口にするふりをした。鼻と口を近づけるだけで、濃厚な生臭さが鼻を衝く。ザムザは顔をしかめそうになるものの、何とか耐えた。

ツクモは別の理由もあって、お茶を拒んだに違いない。なにせ、幽霊アパートの時は大家の出したお茶を供物として受け取ったのだから。

「この村の方々は、かなり前から住んでいるんですか？」

どう見ても村という規模ではない集落であったが、老人に合わせて村と呼んだ。

「ええ。私が一番の古株ですが、三十年ほど前から住んでいます」

「そうだったんですか……！　それは長いですね」

ザムザは大袈裟に驚いてみせるが、驚愕したのは本当だ。

彼らは恐らく、この地に無断で住んでいるのだろう。それなのに三十年も見過ごされていたとは。

集落に立ち込める奇妙な霧が彼らを隠しているのか。それとも、上半身を失ったキャンプ客のように、目撃したものを消していっているのか。

「ということは最初の村民ですね」

「そうです。私は村長を務めさせて頂いています」

老人は謙虚な態度でそう言った。村の住民を慮《おもんぱか》っているようで、長《おさ》としての器はあるのだろう。

ザムザが村長の話に耳を傾けていると、彼は続けた。

「この辺りには、宗教施設が多いでしょう」

「ええ。そういう噂《うわさ》を聞いたことはあります」

ザムザは、当たり障りがない返答をした。

「そのうちの一つの新興宗教が、ひどい団体でして。献金が非常に高額で、家まで持っていかれてしまいました……」

「それは、実際にあなたの身に起こったことですか……？」

ザムザの問いかけに、村長は頷いた。

「はい……。献金ができないのならば地獄に落ちると言われました。地獄に落ちないためには、無償で労働をするしかない、と。私の居場所はそこしかなかったので、無償で労働をし続けました。早朝から深夜まで。眠らせてもらえない日もありました」

「それはひどい……。まるで奴隷ですね」

奴隷、という単語に、村長はうつむくように頷いた。

「私はそこから逃げて、この地にやってきました。そこで、この家を見つけて身を隠すことにしたんです。私の家は、既にその宗教団体に取り上げられていましたからね」

どうやら、村長の家は元々あったものらしい。だから、一軒だけ様子が異なるのか。

「大変でしたね。その新興宗教の施設は、やはりこの近くに？」

「ええ。しかし、もうありません」

「それはよかった……」

「彼らは大きなことを成そうとして、事件を起こしましてね。それがきっかけで刑事裁判になり、解散命令が下ったんですよ。まあ、それでも残党はこの辺りに新しい施設を造り、名前を変えて活動していましたけどね」

ザムザも、その事件と団体には心当たりがあった。

「それでは、気が気でないのでは……」

「いいえ」

村長は首を横に振った。

「彼らもいなくなりました」

「そうなんですか？」

そこまで事件を追えていない。ザムザが興味深げに尋ねると、村長はぐっと口角を吊り上げた。

「そう、いなくなったんですよ。一晩で、みんな」

「それは……どういう……？」

夜逃げでもしたのかと思ったザムザであったが、どうやらそうではないらしい。

ザムザが尋ねると、村長は口角を吊り上げたまま、真っ白い舌を覗かせて繰り返した。

「一晩でみんないなくなりました。全員、全てを残して」

施設の備品などはそのままで、人間だけが忽然《こつぜん》と消えていたという。生臭い水が残されているばかりで、彼らの行方を捜すにも何の手がかりもなかったそうだ。

「そんな奇妙なことが……」

「これも、ヌマヌシ様のお陰ですよ」

ヌマヌシ。

村長の口からその単語が発せられた瞬間、ぶわっと何処からか生臭いにおいが押し寄せて、ザムザを包んだ。

室内の霧が、濃くなっている気がする。外の霧が入り込んでいるのだろうか。

「何者ですか……。その存在は……」

「我々の守り神です。村の奥の聖域には、ヌマヌシ様のお住まいがあるのでお近づきになりませんよう」

村長はぴしゃりとそう言った。

「もし、近づいたらどうなるの？」

ツクモの軽い声が問う。

すると、村長は顔色を少しも変えずに答えた。

「禁忌を破ったら罰が当たるでしょう」

「最近、当たったヒトはいる？」

ツクモの質問に、ザムザはハッとした。

キャンプ場で見つかった変死体。燐光を放つ集落。そして、その主。

村長はしばしの沈黙の後、再び口角を吊り上げた。

「ええ、恐らく」

「へー、心当たりがあるんだ」

「この辺りを調べ回っていた若者がいましてね」

「若者が？」

今度は、ザムザが口を挟む。村長は頷いた。

「顔までは見られませんでしたが、恐らく若者かと。いるんですよ、最近。カメラを回しながら村に入ろうとする輩《やから》が。その類でしょう」

「そう……ですか」

ザムザは考え込む。

死体遺棄事件の犯人が《異邦神》だとしたら、行方不明になったキャンプ客がこの集落までやってきて、ヌマヌシとやらの聖域を犯した可能性がある。

だが、迷い込んだであろう人間を、調べ回っていると言うのには違和感があった。

調べ回っていた人物と、罰せられた人物は同じなのだろうか。

考え込むザムザを見て、村長は訝しげに首を傾げた。

「なにか？」

「いえ。それはきっと、配信者かなにかでしょう。配信者は真っ当な人がほとんどですが、たまに不法侵入をする人もいるようで。困ったものですね」

ザムザはやんわりと苦笑する。

そんなザムザの服の裾を、ツクモが引っ張った。

「どうした」

「ザムザ、外行かない？」

ツクモが暇《いとま》を促す。

ゆっくりすることを促そうとしたのか、村長が口を開いたその瞬間、ザムザは立ち上がった。

「すいません。彼はこの辺りのキノコの観察を続けたいようで。一旦、失礼させて頂きます」

「ああ、そうですか。配信者にはお気をつけて。そして、聖域には近づかないように」

「はい」

ザムザは村長に一礼すると、ツクモとともに家を後にした。

家から出ると、生臭い湿気と一層濃厚な霧がザムザを包んだ。

家の前では、みすぼらしい姿の人間が数人、聞き耳を立てていた。ふたりがやってきたことで、慌ててその場から離れる。

彼らは、村長と同じくやけに白い肌をしており、目は濁っていた。その場から離れても尚、物陰からザムザとツクモのことを監視している。

彼らの視線から逃れるように踵を返し、充分に離れたのを確認すると、ザムザはツクモを小突いた。

「どうした」

「ザムザ、外に出たそうだったから」

「まあ、そうだな」

どういう仕組みか、ツクモはこちらの気持ちを察することができる。と言っても、彼の感じ方が人間とは違うため、それなりに齟齬《そご》があるのだが。

「キャンプ場で発見された遺体は、ただのキャンプ客だ。何らかの目的をもって調べ回るほどの行動力はないはずだ」

キャンプ客は何かに呼ばれていたらしい。呼んでいたのは、ヌマヌシだろうか。

いずれにせよ、ヌマヌシの聖域に近づいた結果、無残な遺体になって転がることになってしまったと考えて間違いないだろう。

「どうして、ここで死んだのに死体がキャンプ場にあったの？」

「移動させられたんだ。実際、ニュースで引きずったような跡があったと言っていた。それで熊の仕業かもしれないとされていたんだ」

「誰が移動させたの？」

「この村の住民だろう。遺体を発見させたかったんだ。変に隠したら、それこそ遺体遺棄罪になる」

もちろん、キャンプ場に置くことも罪になるのだが、彼らとしては、自分たちの集落をほじくり返されたくなかったのだろう。集落で見つかれば、しばらくは警察が捜査をすることになるだろうから。

「調べ回っていた人物は――百舌鳥だろうな。彼らは百舌鳥の顔を見ていなかったから、お前を見ても驚かなかったんだ」

ツクモと百舌鳥は、髪色や目の色や態度こそ違うが、同じ顔だ。印象が強いことがあった相手ならば、少なからず動揺するはずだ。

百舌鳥は、この集落ではしくじらずに済んだようだ。

それはわかったのだが、気になることがある。彼らが来たにしては、この集落のことはネットに上がっていないな」

「配信者が来たようなことを言っていたが、彼らが来たにしては、この集落のことはネットに上がっていないな」

ザムザは心霊動画を常日頃チェックしていた。

何故なら、心霊現象の原因が《異邦神》であるケースが少なくないからだ。実際、幽霊屋敷として有名な廃墟《はいきょ》は《異邦神》の巣窟で、ザムザが穴を封じたといった経験もある。

そんなザムザが、この胡散臭《うさんくさ》い集落のことを知らなかった。つまり、動画が上がっていなかったのである。

「俗世間から隔絶した場所でひっそりと暮らす人々と、謎の存在。配信者が好みそうなネタのはずだが……」

「みんな消されちゃったんじゃない？」

ツクモがあっけらかんとした態度でそう言ったので、ザムザはぎょっとした。

「今、なんて……」

「消されたんだ。シンコー宗教も消されたなら、きっとね」

ツクモは口角を吊り上げて笑う。

百舌鳥と同じ顔のはずの彼の笑みは、村長の顔と重なってしまい、ザムザは嫌悪感から無言になってしまった。

ザムザがこの集落でやるべきことは、二つだ。

まずは、百舌鳥の遺志を汲み取ること。そして、それを引き継がなくてはいけない。

そして、《異邦神》が存在しているのなら、穴を封じて帰還させることだ。

尤《もっと》も、異界文書の回収も必要だし、全人類平等党との関連を探らなくてはいけない。

「あとは犯人捜しだね」

ザムザがやるべきことを整理していると、ツクモが付け足した。

「何の犯人捜しだ？」

「起きてるでしょ。サッジン事件」

「百舌鳥を殺したのは……お前を召喚した時に俺を殺そうとした全人類平等党の連中だろう。そいつらは、お前が食った」

そう、百舌鳥を自殺に見せかけて殺した者たちは、すでに死んでいた。

しかも、ツクモが跡形もなく食べてしまったため、警察に何の証拠も提出できないのだ。ツクモを召喚したザムザにも一因があると思っているため、ザムザはずっと自責の念に駆られていた。

「違うよ。この辺りで」

ツクモの反論に、ザムザはハッとする。

「キャンプ場の上半身がない遺体。たしかにあれも、殺人事件と言えるか」

「そうそう。あと、シンコー宗教の施設でも、人がいなくなったって」

自称村長の話だ。

「それは行方不明事件だな。人が殺されたとは断定できない」

「そっか。そうだね」

ツクモは、学びを得たと言わんばかりに頷く。

「それにしても、どうして犯人捜しが必要なんて言い出したんだ？」

「ザムザは探偵でしょ？　探偵は犯人捜しをするものだって」

「……探偵小説でも読んだのか」

「うん」

ツクモはあっさりと頷く。小説に影響されての発言だったようだ。

ザムザは、溜息を一つ吐いた。

「俺の目で燐光を捉えている。超常的な存在が祀《まつ》られている。そうなると、《異邦神》がいることは確定だ。常識では説明がつかないことは、ほとんどが《異邦神》の仕業だしな。俺の役目は犯人捜しじゃなくて、容疑者をこの世界から追い出して、二度とこの世界に来させないことだ」

《異邦神》の帰還は、ごく一部の人間にしかできない。警察では不可能なことを為《な》し、この世界に日常をもたらすのが異界探偵の役目だ。

ゆえにザムザが探すべきは、犯人そのものよりも、容疑者の侵入経路である。

「でも、《異邦神》がやった証拠は見つからないわけでしょ？」

「相手は《異邦神》だから、俺程度では見つけられない可能性がある」

「もし、《異邦神》が犯人じゃなかったら？」

そんなことあるか、と否定しようとしたザムザだが、この話し相手もまた《異邦神》であることを思い出した。

「お前、同胞を庇《かば》っているのか？」

「事件が全部、《異邦神》のせいになるのが不思議なだけ。なんかこう、むむむっていう感覚になる」

ツクモは珍しく眉間に皺を刻み、難しい顔をする。

「それは恐らく、苛立ちだな」

「そうなの？」

この《異邦神》は、怒りという感覚がよくわからないらしい。この世界の神々は、神話の中で怒り、嘆き、人間的な感情を見せるのだが、怒りの自覚がないツクモは彼らよりも遠い存在のように思えた。

「たしかに、よくわからないものを《異邦神》の仕業と決めつけるのは短絡的だな。悪かった」

証拠を見つけてから断定すべきだというのは、理に適っている。ただし、《異邦神》相手では、証拠すら消えている可能性があるが。

「ここの《異邦神》はどうかわからないけど、この世界で共存してる《異邦神》もいるかも。証拠を見つけずに還《かえ》していいのかと思って」

「それが、お前が言いたかったことか」

ザムザは察した。

幽霊アパートの時も、ツクモが不可解な反応をした。きっとそれも、ツクモの言いたかったことと繋がっているのだろう。

「悪い《異邦神》だけじゃない。だから、悪事を働いた証拠を見つけないまま還さないでほしい――ということか」

「おれはきみたちの善悪の基準はわからないけど、共存できる個体も存在してるかも」

「俺たちとお前たちの常識が違いすぎる。価値観があまりにも違う者同士は、無意識のうちに傷つけ合うんだ。お前は圧倒的強者だから、傷つけられた経験なんてないだろうが」

ザムザは、自らの声に苛立ちが滲むのを自覚した。

ツクモが百舌鳥と同じ顔と同じ声で、百舌鳥が言わないようなことを言っていることすら胸が痛む。本当ならば、今すぐにでもツクモを帰還させて百舌鳥の遺骨を回収し、遺族に謝罪して然《しか》るべき罰を受けたいと常に思っている。

全ての原因が自分にあることも自覚していたし、ザムザはずっと自分を責めている。ツクモを見るたびに、ザムザは自らの愚かさを呪うのだ。

「傷つくって、よくわからない」

案の定、ツクモは首を傾げていた。

「数多の原因で心が痛むことだ。不快だから味わわない方がいい」

ザムザは突き放すように言った。こんな想いをするのは、愚かな自分だけでいい。そうでなくては、お前たちの存在は俺たちの日常を脅かすものだ。だから帰還させる。

「とにかく、お前たちの存在は俺たちの日常を脅かすものだ。だから帰還させる。そうでなくては、多くの人が不幸になるからな」

「脅かさなければ、帰還しなくてもいい？」

ツクモは首を傾げながら尋ねる。上目遣いのせいで、子どものような表情だとザムザは思った。

「それが可能なら、な」

「そっか」

ツクモは嬉しそうに微笑んだ。

どうやらこの《異邦神》は、この世界に留《とど》まりたいらしい。なぜなのか気になりつつも、ザムザは重い口を開いて続けた。

「だが……」

「だが？」

「仮にお前たちが俺たちを理解し、日常を脅かさないようにするとしても、お前たちを悪用しようという人間が現れる可能性がある。強大な力を欲する強欲な人間は常にいる」

ザムザの愚かな行いも、その一種だ。死という強大な摂理に抗《あらが》うために、《異邦神》を召喚した。

だが、自覚的に悪意をもって《異邦神》の力を借りる者もいる。

ザムザが追っている全人類平等党もまた、そのうちの一つだと考えていた。

「もし、百舌鳥がここに来たというのなら、お前の異界文書の写しはここに保管されていた可能性が高い」

ザムザはツクモに耳打ちをしながら、目だけ動かして周囲を見回す。

霧に閉ざされた集落の奥は、樹海の木々が鬱蒼と茂っている。霧の濃さに比例するかのように、燐光もまた強くなっている気がした。その先に、ヌマヌシ様とやらがいるのだろう。

ザムザは先ほどから、さり気なさを装って歩を進めようとしているのだが、そちらに足を向けるたびに、背中に刺さるような視線を感じていた。

村人が、ずっと見ているのだ。トタン板で造られた家の中や、建物の陰から。

どうやら、今聖域に向かうのは得策ではないらしい。

ザムザは昼の探索を諦め、沼に向けた足をツクモへ向ける。

「ツクモ、お前はこの集落に覚えはないか？」

「ないよ。異界文書の写しはおれじゃないし」

「まあ、そうだな」

ツクモに知る術はない。それはザムザも予想していた。

「でも、呼ばれたような感じはずっとしてた」

「それは、異界で？」

彼らの本来いるべき場所にして、謎の領域である異界。ツクモは、そこにいる時のことを語ってくれるようだ。

ツクモはまず、ザムザの問いに頷いてから続けた。

「遠くからおれを呼ぶ感じがしたんだけどさ。どこから呼んでるのかわからなかったり、顔を出せる状態じゃなかったりしてたんだ」

「儀式は……実行されていたのか。だが、召喚には至らない不完全なものだった……」

「そう。何度も呼ばれ続けたある日、おれを呼ぶ強い声が聞こえた」

「ほう？」

「それが、きみだった」

ツクモの赤い瞳が、ザムザを見つめる。彼の双眸に映ったザムザは、目を丸くしていた。

「誰よりも力強い声で、どこにいるかもはっきりとわかった。おれが顔と指先をようやく出せるくらいの状態だったけど、こうしてこの世界に顕現することができたんだ」

ツクモはそう言って、踊るように一回りしてみせた。まるで、自分の肉体を見せびらかすかのように、誇らしげに。

「ザムザたちがおれたちを不思議がっているみたいに、おれにとってもこの世界は驚異と発見に満ちていた。ここに来てから毎日が楽しくて、充実しているんだ。だから、おれはザムザに感謝している」

ツクモはザムザの手を取り、顔を喜びで満たした。

淀んだ濃霧が充満する集落で、ツクモの笑顔だけが美しく輝いていた。

「ありがとう、ザムザ。おれはきみたちのことをもっと知りたい。大好きだからね」

「……あ、ああ」

帰還させたい相手から、心の底から感謝を述べられたザムザは、その居心地の悪さから目をそらし、喘《あえ》ぐような返答しかできなかった。


ザムザとツクモは、村長の元に戻った。

夜の間しか見つけられないキノコがあるので、夜を待たせてほしいと頼むと、あっさりと了承された。夕食を出すと言われたが、さきほど携帯食料を食べてしまって空腹ではないと言って辞退した。また、生臭いものを出されては敵《かな》わないと思ったからだ。

日が沈み、夜の帳が降りると、ザムザたちは村長の家を後にした。

家の前には、集落の住民が何人か佇んでいて、濁った目でじっとこちらを見つめていた。

居心地の悪さを感じながらも、ザムザはツクモとともに沼とは反対方向へと進む。

住民の横を通り過ぎる時、強烈な生臭さが漂ってきて、思わず顔をしかめそうになった。上下水道がまともにない場所に住んでいるがゆえの体臭ではなく、生きていながらもそれに反する冒瀆的な悪臭のように思えた。

ザムザは人当たりの好い笑顔を貼り付けつつ、彼らに会釈をして早々に立ち去る。

集落の一角にある畑には、ひょろ長くしわくちゃの葉がうじゃうじゃと顔を出していた。何の作物か全くわからない上に、村人と同様の悪臭を振りまいていた。

「どうにかなるかと思った」

拓かれた大地を去って樹海に入ったザムザは、呻くように言った。

「大丈夫？」

ツクモが首を傾げる。彼は平然としていた。

「お前にとって、あの臭いはなんということもないのか？」

「におい？」

ツクモはキョトンとする。

彼には五感が備わっていたはずだとザムザは思い出す。ならば、彼には感じられない臭いだったのか。ツクモの五感は人間のそれとは多少異なるようだし。

とにかく、ツクモは強力な存在だが、頼ることはできない。

彼はザムザに好意的だが、事件に対して協力的ではない。彼は、ザムザが帰還させるべき《異邦神》側だ。

ザムザは、実質一人でこの事件を暴かなくてはいけない。

百舌鳥は異能こそ持っていなかったが、細かい違和感に気づいてはザムザに教えてくれた。臭いのことも、きっと話し合えただろう。

樹海の中に踏み込めば、周囲は一瞬にして闇に包まれた。

どこが岩場で、どこがくぼんでいるかわからない。高い木々の枝葉の向こうに、異様にはっきりと見える星空があった。

美しいと感じるどころか、恐ろしいとすら思った。自分たちがいる場所は、宇宙という巨大な洞《うろ》の中に放り込まれた小さな星に過ぎないと自覚させられるから。

ザムザはスマートフォンのライトで周囲を照らしていたが、人が隠れられるほどの大きな岩を迂回《うかい》したタイミングで切ってしまった。

「ライトを切って大丈夫？」

ツクモが尋ねる。彼の表情は見えないが、相変わらず不思議そうに首を傾げているのだろう。

「あまり大丈夫じゃないが、連中の目を眩ませる必要がある」

聖域と反対側に行ったと誤認させてから、樹海の中を通って村を迂回し、聖域へと向かう。それが、ザムザの作戦であった。

闇に閉ざされた樹海は、やけに静かだった。昼間は虫の羽音が周囲からしていたのだが、今はぱったりと途絶えている。

黙っていたら、自分もまた闇と一つになり、樹海の中に溶け込んでしまいそうだ。

「……ツクモ、お前は大丈夫か？」

沈黙しているのが恐ろしくなったザムザは、小声でツクモに問う。

「おれは平気。光の反射で見てるわけじゃないから」

「やはり、お前の五感は俺たちと違うのか……」

「ザムザは見えない？」

「見えないが、視《み》える」

ザムザは一度目を閉ざし、深呼吸をする。

暗闇への恐怖や、謎の究明をしたいという焦りから自らを遮断し、人間的な感覚から切り替える。

ザムザが両目を開くと、樹海の奥に燐光がわだかまっているのが見えた。

聖域とされる、沼の場所だ。

集落からも燐光を感じるが、微弱である。沼の方向から漂う燐光は目の奥を刺すほどの強さで、ザムザは思わず呻きそうになった。

静寂と闇は、周囲の情報量を削《そ》ぎ落とす。そんな環境だからこそ、ザムザは異界のものを捉えるのに集中できた。

燐光は大地を舐《な》めるようにして漂っているので、沼までの地形の輪郭がよくわかる。

ザムザは燐光を頼りに、ゆっくりと歩き出した。沼に近づくにつれて再び霧が立ち込めるものの、今のザムザには関係がなかった。

「ツクモの五感が異なるというのも、こういう感覚なのかもしれないな」

世界は、目に見えるものだけで満たされているわけではない。

人間とは違うレイヤーで物事を捉えれば、また違ったものも見えてくる。

そんな力があるザムザは、果たして人間と言えるのか。

ザムザの胸に疑問が過ぎり、視界が揺らぐ。人間らしい感覚は、異界を感じる異能の前では不要なものだ。

ザムザは、人間的な感傷を自分の頭の中から追い払った。

「ザムザ、ちゃんと見えてる。すごいね」

隣でツクモが感心したような声をあげる。闇で閉ざされているせいで彼の表情は見えないが、笑っているような気がした。

「燐光が強いからよく見える。良いことではないな」

それだけ、異界の力が強いということか。ブルーホールも近くにあるに違いない。

「……そういえば、お前は燐光が見えないな」

ザムザは前進しながら、ふと、ツクモに対する疑問をぶつける。

「おれは、ちゃんとした肉体を構成してるからかな？　あと、この世界と異なる力は、できるだけ自分の中に収めてる」

「それは感心だな」

皮肉ではなく、ザムザの本音だ。常に異界の力をひけらかされては、ザムザの目は疲れてしまう。

「郷に入っては郷に従え、だっけ？　おれは世界の秩序を崩したくないから」

「その心がけは立派だ」

これで、郷の感覚を正確に理解してくれれば最高なのだが、というぼやきを、ザムザは胸にしまった。

会話をしながらも、ふたりは燐光がわだかまる場所へ確実に近づいていた。

近づくたびに強さを増す燐光に、ザムザは目の奥が痛むのを感じつつ、岩場だらけの樹海を抜けて開けた場所に出た。

沼だ。

樹海の中にぽっかりと現れた水辺は、むっとした湿気と重々しい霧を伴っていた。

ザムザは即座に視界を切り替え、その場にくずおれる。

「はぁ……はぁ……」

「たくさん集中してたみたいだね。休んだら？」

ツクモはしゃがみ込み、浅い呼吸を整えさせるようにザムザの背中を軽く撫でた。

しかし、ザムザは首を横に振る。

「いや。連中に見つからないうちに、調査を進めなくては……」

ザムザは、二、三度瞬《まばた》きをすると、自らの身体に鞭打ちながら立ち上がる。

チャンネルを合わせていなくても、沼が燐光に満たされているのはわかった。目を通じて脳をじくじくと指で突《つつ》かれるような不快感を覚えつつも、ザムザは沼の周辺を観察する。

沼には、規制線のように注連縄《しめなわ》が張られていた。

しかし、注連縄は全体的に黒ずんでいて劣化が見られ、紙垂《しで》はボロボロになって剝がれ落ちていた。

「入っちゃいけない……。ううん、出ちゃいけないのかな。どっちにしても、これじゃあまり意味がない。越えるか越えないかは、『良心』に委ねられる」

ツクモは、注連縄を突きながらぼやいていた。

「人間にとっての規制線と同じだな。越えようと思えばいつでも越えられる。越えてはいけないと言われているから越えないだけで」

沼が最も異界の気配が強い。周辺を漂う燐光は、間違いなく、この中から漏れ出しているはずだ。

「ブルーホールは、ここにある。恐らく、《異邦神》も……」

ヌマヌシ様とやらは実在している。

だが、それはこの世界の神々とは違う存在だ。外来種と同じく、生態系の多様性を脅かす存在である。

「そうなると、召喚した《異邦神》を祀るという名目で閉じ込めていたのか？　何のために？」

ザムザは思考に集中するため、目を閉ざして視覚を遮った。

次の瞬間、ムッとした臭気がザムザの嗅覚を衝く。

「こ、この臭いは……？」

視覚の情報量が多すぎて、今まで感じる余裕がなかったのだろう。視覚を遮断した途端に臭気が押し寄せてきたので、ザムザは嘔吐しそうになる。

うずくまるザムザの背中を撫でながら、ツクモは納得したような声をあげた。

「臭いってこれか。ずっと感じてたけど、臭いだと思わなかったな」

「……異界の何らかを、俺は臭気と感じたのだろうな。ツクモは何だと思う？」

喉までこみ上げてきたものを無理やり飲み込みつつ、ザムザはツクモに問う。

ツクモは首を右に傾け、左に傾けてから、空を仰いだ。言語化が難しいのだろうか。

「かけら？」

「欠片だと？　まあ、臭いも欠片の一種だが……」

「ううん、一部？」

ツクモは言い直す。

ザムザはその表現に、ぞっとした。

「あの集落じゅうに、この沼の中にいる《異邦神》――つまり、ヌマヌシの一部がばら撒《ま》かれていたということか？」

「うーん。ザムザの認識とおれの認識、ちょっと違う気がする。言語で意思疎通をするのは大変だな。興味深いけど、少しもどかしいかも」

「お前が近いと思う単語を並べてくれ。そこから情報を絞る」

「えっと、スープ？　出汁《だし》……に近いかな」

「最悪だ」

ザムザはツクモが言わんとしていることを察し、顔を覆った。

一方、ツクモはザムザが察したことに気づいたのか、パッと顔を輝かせる。

「一致した感じがした。ザムザはすごいね！」

手放しに褒められているのだが、気分は最悪である。ザムザは自分が導き出した答えを整理するために、口に出した。

「あの集落の水源はこの沼だ。……そしてこの沼には、《異邦神》の成分が染み込んでいる」

ザムザたちに出されたお茶には、《異邦神》の成分が含まれていた。だから、異様に臭いと感じたのだ。

集落の作物を育てるために使った水もまた、《異邦神》の成分が含まれている。当然、そうやって育った作物は《異邦神》の一部を宿していることになる。

それを日常的に食らっている集落の人々もまた、《異邦神》の一部を取り込んでいることとなる。

集落から燐光が漂っていたのは、集落の作物や人間が異界に冒されているゆえであった。

臭気と感じたのは、大気中に舞ったエキスだったのだろうか。沼の周辺を覆う濃霧も、恐らく――。

「……あの村長は、それがわかって俺たちに茶をすすめたのか？　あれを飲んでいたら、俺はどうなっていた……？」

「ザムザの中に、《異邦神》の一部が溶け込むことになったかも」

「とんだ黄泉戸喫《よもつへぐい》だ」

黄泉《よみ》の国の食べ物を口にすると、黄泉の国の住民になるという。

下手をしたら、ザムザはあの集落の住民のようになっていたかもしれない。目が濁り、悪臭を放ち、何を考えているかよくわからない存在に。

「まあ、ザムザが本当に飲もうとしていたら、おれが止めてたけど。なんか嫌だし」

「今回ばかりは、お前のその感覚に感謝をしたいな」

実際にはザムザが自ら回避したのだが、ツクモと結論が揃ったのには安堵した。

「いずれにしても、このまま放置するわけにはいかない。《異邦神》を身体に宿していいことはないからな」

「それはどうかな」

ツクモが間髪を容れずに疑問を投げる。

「お前は、あの集落の連中みたいなのがこのまま増えていいと思っているのか？　俺は茶を拒絶したが、飲んでしまう人間もいるだろう。そしたら、あの異様な集落に囚《とら》われた人間が増えてしまう」

「その点に関しては、おれはよくわからない。本人たちが望んでるなら、別にいいかも」

「……本人たちが望んでいたって、他人に害を与えるなら対処しなくてはいけない」

実際に、集落に関わったと思しき人間が死んでいる。

遺体を遺棄された人物と百舌鳥。この二人がどのような経緯で死んだか、辿っておいた方がいいだろう。

警察に通報するのは確定だ。しかしその前に、お膳立てをしなくてはいけない。異界文書があるのならば、回収する必要がある。警察では《異邦神》の対処ができないので、《異邦神》も退けなくてはいけない。警察が《異邦神》に襲われて、神隠しに遭う可能性だってあるのだ。

「物語の中の探偵は、警察の前で謎を解けばいい。だが、こちらは先に危険物を処理しなくてはいけないから苦労が多いな」

ザムザは眉間を揉んだ。

沼の燐光と濃霧に気を取られてよく見えなかったが、沼の向こうには人工物のようなものが見えた。

石造りの建物だろうか。集落の建物は木とトタンで造られていたせいか、ザムザの目には異質なものに見えた。

「なんだ、あの建物……」

「ザムザ！」

ツクモが叫び、ザムザは反射的に跳ぶ。

鍬《くわ》がザムザの髪を掠め、さきほどまでいた場所を打ち付けた。

「なっ……」

「聖域に入るなと……言っただろうが！」

村長だ。濁った目を血走らせて、ザムザとツクモを睨《にら》みつける。

その背後には、村長と同じく農具を手にした住民がいた。彼らは悪臭と殺気をまき散らしながら、沼のように濁った目で聖域を侵したふたりを見つめている。

ザムザは無駄だと思いながらも、手で彼らを制しつつ、説得を試みる。

「待て。聖域に踏み込んだことは済まなかった。その上で、不躾《ぶしつけ》な質問をして申し訳ないが、あなたたちは《異邦神》を――」

「黙れ！　盗人《ぬすびと》が！」

ぶんっと村長が鍬を振るう。

ザムザはなんとか避けるものの、村長は無茶苦茶な動きで鍬を振り回し、近づくことができない。

「盗人……？　何のことだ！」

「ヌマヌシ様のお力を盗む気だろう！　この力は、我々のものだ！」

「違……！」

「ザムザ！」

ザムザの危機に、ツクモが動こうとする。だがその背後から、住民の一人が迫っていた。

「やめろ！」

ザムザは全力で叫ぶ。

「そいつに、手を出すな！」

それは悲鳴に近い叫びだ。ザムザはツクモの身を案じたのではない。住民の身を案じての叫びであった。

しかし想いは届くことなく、住民は鍬を振り下ろす。

ザムザが叫んだお陰でツクモが気づくものの、避けるには遅かった。反射的に右腕で受け止めようとするものの、運悪く鍬の刃が食い込んだ。

「まずい……」

渾身《こんしん》の力で振り下ろされた鍬を受け止めれば、人間ならば大怪我をするだろう。

だが、ツクモの腕はぐにゃりと不自然に歪んだかと思うと、霧状になって弾けた。

「なっ……！」

ツクモの腕を破壊した村民は勿論《もちろん》、村長らも言葉を失う。

影のように黒い霧が辺りを舞い、霧散していく。不自然になくなったツクモの腕の断面から、燐光が揺らめいたのをザムザは捉えていた。

「逃げろ、今すぐに！」

ザムザは村長らに叫ぶが、彼らは呆気《あっけ》に取られて動けない。

そんな中、ツクモが嗤った。

その笑みを見て、ザムザはぞっとした。

凶暴にして邪悪。生きとし生けるものを蹂躙する、残虐極まりない顔だ。

「壊されちゃった。残念。おれの身体は脆《もろ》いからね」

「な……な……何者だ……」

村長が問う。すると、ツクモは答えた。

「《異邦神》だよ。きみたちが言うところの」

途端に、ツクモの腕から影が溢れ出した。

この世界のどんな光も吸収する、物質とも言い難い暗黒の存在は、まるで触手のように蠢きながら、目の前の住民にまとわりついた。

「ひぃ！」

「やめろ、ツクモ！」

ザムザはツクモを止めようとするが、無駄なことも知っていた。

彼は、そういう存在なのだ。

貸し借りにこだわり、律の天秤《てんびん》を傾けることを嫌う。彼は願いを叶えるが、相応の代償が必要になる。

彼の天秤は、自らに加害した者にも向けられる。

因果応報。その言葉を体現したような存在でもあった。

影の触手にからめとられた住民はもがき、逃れようとするものの、その努力は虚《むな》しく、やがて全身が影に覆われる。

村長も他の住民も、動くことができなかった。

呑み込まれた住民は、影の中でもなお、生を懇願して蠢く様が見て取れたが、やがてその動きも途絶え、影が引くころには跡形もなくなっていた。

まるで、神隠しに遭ったように。

「まあ、おおよそ再構成できたかな」

ツクモの腕は、戻っていた。

住民を食らい、自らの糧として失った部位を取り戻したのだ。

腕一本に対して、人間一人。ツクモは天秤を傾けることを嫌うが、その天秤自体が歪んでいて、命の重さがあまりにも軽かった。

「わ、災いだ！」

村長は目を剝《む》き、口から泡を噴き出しながら叫んだ。

「こいつは厄神だ！　邪神だ！　ヌマヌシ様に清めてもらわなくては！」

村長の扇動で住民もまた殺気立つものの、ツクモの視線を受ければその気力も削がれ、その場に留まることしかできなかった。

「おれは知ってる。自分に都合の悪いものを、『厄』とか『邪』だって言うんだ。つまり、きみたちにとって、おれは敵になったということか」

ツクモは村長と住民たちを見下ろす。物理的にではなく、高みにいる存在として矮小なる存在を見つめるかのように。

ツクモは、彼らにじりっと詰め寄る。彼らが短い悲鳴をあげ、後退したその時であった。

ザムザは、ツクモの腕を引っ摑む。

「行くぞ！」

「えっ、ザムザ？」

ザムザは、村長らが呆気に取られている隙に、ツクモを連れて沼を去り、樹海の闇の中に消えたのであった。

第三章　異界探偵の覚悟

異界探偵の覚悟

異界探偵
班目ザムザの
怪事件簿

ザムザの目の前で人が食われたのは二回目だ。

最初は、ザムザがツクモを召喚した時のことである。

全人類平等党の党員が事務所に乗り込み、ザムザの命が狙われた。

そこで、ツクモが彼らを食らったのだ。

先ほどの村人のように。あっさりと。

＊　＊　＊

「ザムザ、どこに行くの？」

「黙れ」

ザムザはツクモの腕を引っ張り、樹海の中を突き進み、闇の中に身を隠しながら村長らの目を眩ませた。

沼から溢れる燐光が弱まった頃合いで、ザムザは足を止める。

目的地に着いた。

ザムザの目の前には、コンクリートの塊のような建物があった。樹海の木々に埋もれる無機質な人工物は、まるで危険物を覆う石棺のようでいて、異様な気配を放っていた。

ザムザが立ち止まると、無言でついてきたツクモもまた立ち止まる。ザムザが手をほどくと、彼は口を開いた。

「もう喋《しゃべ》っていい？」

「……好きにしろ」

どうやら、この《異邦神》はザムザの言葉に従っていたらしい。

彼は代償を求めずに要求を呑むことがある。彼なりの判断なのか気まぐれなのかはわからないが、肝心な時には発揮してくれない。

「どうして食った……」

気づいた時には、ザムザの口から疑問が漏れていた。聞いても無駄だとわかっているのに、しまっておくほどの余裕がなかったのだ。

ツクモは、相変わらずのキョトンとした表情である。

「右腕を壊されたから。おれの右腕を再構成するには、人体が一つ必要だった」

「目には目を歯には歯を、という言葉がある。お前のそれは、釣り合いが取れていない。釣り合いが取れていればいいというものでもないが」

「おれの質量はきみたちとは違うし、再構成をする時は効率がよくない。だから、たくさん必要なんだ」

ツクモが身軽なのもまた、質量が違うがゆえなのだろう。

彼の肉体は人間と変わらないように見えるが、人間よりも遥かにもろい。しかも、人間を模した肉体を作り上げるには、エネルギー効率が悪いせいで大量の素材を要する。

異界なりに理に適っているのだろう。

だが、この世界の理に適っていない。

「あの村人にも、家族がいるかもしれない。家族がもういなかったとしても、友人や知り合いが」

「そうだね」

「……神隠しに遭ったら、悲しむ人がいるかもしれない。そう言いたいんだ」

「そうだね」

「人を簡単に消していいものじゃない」

「それとこれとは、話が別」

ツクモはきっぱりと言い切った。

「リンゴから手を離せばリンゴは落ちる。この星が回れば、朝と夜が生まれる。因果律は感情で動かせない」

「……だが、そいつを実行するお前には感情がある」

絞り出すようなザムザの言葉に、ツクモはひどく侮辱されたような顔をした。

ザムザはツクモのそんな顔を見たのが初めてだったので、ギョッとした。そんな顔をするなんて思いもしなかった。

「おれに、感情で律を動かせって？　代わりに、孤独な住民を贄にすればよかった？　おれが腕を失ったままの方が良かった？」

「いや、それは……」

どちらも違う。それだけは間違いない。

「すまない……。少し感情的になっていた」

それだけは確かだ。

自分の同行者が人間を一人消してしまったこと。同行者の姿がかつての相棒と同じこと。それらがザムザから冷静さを奪っていた。

「そう。別にいいよ。人間は感情に振り回されるもの。それは知ってる」

ツクモが譲歩したのは明らかであった。

ヒトとは異なる感覚を持つ存在に、人間ならではの甘さを見せつけられて、ザムザの中で罪悪感が渦巻く。

「……《異邦神》は、みんなそんなに因果律にこだわるのか？」

辛うじて出た問いに、ツクモは少し唇を尖らせて答えた。

「おれがそういう存在だから。だから、生きることが理とされている人間に『死ね』って言ってるようなもの」

「それは……最悪だな。悪かった」

「いいってば」

ツクモはそれっきり黙ってしまった。

気まずい沈黙の中、ザムザは目の前の建物を眺める。

鉄の扉が内部への侵入を阻み、南京錠《なんきんじょう》が下げられている。窓や裏口の類は見当たらず、中に入るには鍵を開けるしかなかった。

扉の上に、全人類平等党の意匠が見える。

樹海の木々のすき間から漏れる月明かりに照らされたそれは、手を繋いだ人間たちのシルエットではなく、何か異様な塊のように見えた。果たしてそれは、本当に手を繋いだ人間を表しているのかと疑いたくなる。

嗅覚を研ぎ澄ませてみると、どうも沼とは異なる生臭さを感じた。建物の中からだろうか。

この中に、一体なにがあるというのか。

「こんなに近くにあって、あの集落と無関係なわけがない」

　ザムザは、沼の方を見やる。

　渦巻く燐光の近くで、懐中電灯の光が蠢いていた。村長らがザムザとツクモを捜しているのだろう。

　見つかる前に、潜入しなくては。

　ザムザはピンセットを取り出し、錠前に突っ込んだ。前回はツクモに頼ってしまったので、今回は自分で解決しようと持ってきたのだ。

　錠前は妙に新しかった。やや複雑だったので苦労をしたが、なんとか開けることができた。

「すごいね」

　落ちる錠前を見て、ツクモが素直に賞賛する。先ほどの気まずさなどどこ吹く風だ。

「早く入るぞ」

　ザムザはツクモの腕を引っ摑み、内部へと誘う。再構成されたばかりの右腕は、相変わらず体温を感じなかった。


　内部はコンクリートが打ちっ放しで、やけにひんやりとしていた。

空気は籠っていて埃っぽく、生臭さは一層強くなっていた。集落や沼とは異なる臭いだが、不快極まりないのは同様だ。

ザムザはジャケットの裾で口と鼻を覆いつつ、スマートフォンのライトで周囲を照らす。

「倉庫のようだな。保管されているのは……なんだ？」

鉄製のラックがずらりと並び、木箱からクーラーボックスまで様々な箱が置かれている。異様なほど秩序が保たれているのは、神経質な者が管理しているためか、繊細なものを管理しているためか、その両方か。

その割には、床がひどく汚れていた。

何かを拭き取ろうとした跡もあり、どす黒い汚れがあちらこちらに散らばっていた。かと思えば、赤や青のペンキの跡も点々としていて、汚れたカンバスでも眺めているような気分になった。

「あれは……」

ザムザは倉庫の一角に、金庫があるのを見つけた。テンキー式の鍵で、四桁の数字を入れなくてはいけないらしい。

「これはヘアピンで開けるわけにはいかないな」

眉間を揉むザムザの横で、ツクモが興味深げに顔を出す。

「どうやって開けるの？」

「四桁の数字を入れなくてはいけない。何度か間違えば、ロックがかかるかもしれないな」

「ザムザは363だから、一桁足らないね」

「俺の名前がパスワードに使われてたまるか。関連する数字をパスワードに設定する奴は多いようだが、俺は無関係だ」

ザムザはそう言ってから思い立つ。ひとまず、関連がありそうな数字を入れてみよう、と。

「全人類平等党に関連したものか、それとも、富士山に関連したものか……」

ザムザは何かしらの情報が得られないかと、倉庫内を物色しようとした。

そんな時、ツクモが思いついたように口を開いた。

「9109は？」

「どうしてだ？」

「おれの名前。九十九だから」

「……入れてみるか」

ツクモの異界文書とこの施設は、全くの無関係ではなさそうだ。だが、ヌマヌシという《異邦神》を差し置いて、ツクモの名前をパスワードにするだろうか。

パスワードとして設定されている数字は、完全なランダムか、利用者が忘れることがない数字であることが多い。

後者の場合、それは重要事項という可能性が高かった。

「開いた……！」

「やった！」

ツクモの名前を入力すると、金庫はあっさりと開いた。

ツクモ自身は嬉しそうにしているが、ザムザは気が気ではない。それはつまり、ツクモの重要性が高いということに他ならない。

「中には何が入ってたの？」

「………異界文書だ」

ザムザは重い口を開いて返答する。

金庫に束になって入っていたのは、紛れもなく異界文書であった。

異界の神々である《異邦神》を召喚するための、邪悪な儀式の手法である。

ザムザは確信した。ツクモの異界文書の保管場所は、この中であったと。

「恐らく、百舌鳥はここに来た。そして、ツクモの召喚について記された異界文書だけを抜き取って脱出したんだ」

人が来ることがほとんどない樹海の中だ。当初は、鍵がかかっていなかったのだろう。

　だが、異界文書を盗まれたため、鍵をかけた。だから、錠前が新しかったのだ。

　それならば、集落の住民はもっと余所者を警戒してもいいはずだ。村長も、百舌鳥とキャンパーを混同しているようだった。

「百舌鳥を殺したのは、ツクモを召喚した時に俺を襲った全人類平等党の党員。そいつらは、ここに異界文書を保管していた。そこから文書が盗まれたから百舌鳥を自殺に装って殺して、文書の所有者である俺も殺そうとした……」

　全ての筋が通っている。しかし、余ったパーツがある。

「あの集落の住民は、この保管庫の番人という役割か？　彼らが聖域に人を近づけなければ、沼の近くにある保管庫にも人を寄せ付けずに済む……そういうことか」

　全人類平等党の党員と集落の人々は連携しているが、連絡を密にしていない。だから、齟齬が発生しているのかもしれない。

　ザムザは彼らの関係性を頭で整理しつつ、異界文書を検める。

　全人類平等党についてはわからないことだらけだ。

　新興宗教として一般的に知られている側面以外にわかっているのは、彼らが異界文書を用いて、《異邦神》を召喚したがっているということくらいか。そして、彼らの目的を邪魔する者には死が齎される。

彼らが最終的に何をしたいのか、ザムザには理解ができない。

表向きには、その名の通り、全ての人間が平等である世界を目指しているようなのだが。

「ここにあるのは異界文書の写しばかりだな。まあ、写しであろうと原本であろうと、召喚方法が書いてあるのならば危険極まりないが」

「ザムザ」

別の場所を漁《あさ》っていたツクモが声をかける。

「どうした？」

そちらを見やると、ツクモはファイリングされた書類に目を通していた。彼は本を好むので、似たようなものに手を出したのか。

「これ見て。おれじゃない？」

「召喚試行回数の記録か……！」

そこには、《異邦神》の召喚を試みた回数が記されていた。

最も試行回数が多いのは、「鎮守式異邦神」。

式守ツクモの別称である。

そもそも、ツクモという名前は召喚された時に本人が名乗ったものだ。異界文書では、「鎮守式異邦神」で統一されている。

　文書に書かれている名前は本当の名前ではない。恐らく、文書を作成した存在が便宜上、つけた名前なのだろう。本当の名前は人間では発音が難しいらしく、ツクモが名乗った「式守九十九」という名前は、人間に配慮した名前だという。

　とにかく、ツクモが見つけた記録には、他の《異邦神》の名前も列挙されていたが、ツクモの試行回数が異様に多いのだ。躍起になって召喚を試みていたことが見て取れる。

「お前が何度も呼ばれたというのは、これか」

「たぶん。儀式が不完全だったから、おれは応えられなかった」

「もし、完全だったら？」

「来てたよ。呼ばれた先の準備が完璧ならね。完璧じゃないと、行こうとしても行けない。ザムザの時は、指先だけでも何とか出せたけど」

　ザムザの準備は完璧ではなかった。だが、ツクモは応じることができた。

　しかし、召喚自体は完全ではなく、ツクモの本体の一部しか顕現できていないということらしい。

「全てが完璧なら、お前はこんな形で出てこなかった」

「そうだね。おれがそのまま来られたら、もっと大きくてもっとすごい姿になってる。ザムザに見せたかったな」

「いや——遠慮しておこう」

《異邦神》はどれも異様な姿だ。

さきほど、集落の住民を呑み込んだ触手のような影といい、ツクモもその片鱗《へんりん》を見せている。本人は腕が九十九あると言っているし、あまりにも理解しがたい姿を前にして、ザムザは正気を保てるか自信がなかった。

それにしても、パスワードが奇妙だと思った。

九十九という名の由来は、腕の数だとツクモは言っていた。それをパスワードにするなんて、まるでツクモの真の姿を知っているかのような——。

「でも」

ツクモの声で、ザムザの意識は現実へと引き戻される。

「おれはこの姿好きだよ。ちょっと不便なところもあるけど、気に入ってる」

ツクモは嬉しそうに微笑む。元相棒の遺骨を元にした姿なので、ザムザの心境は複雑だ。

ツクモを召喚する際に要求されていたのは、人間の肉体だ。つまり、生贄である。

しかし、ザムザに生贄を用意することはできなかった。自分の歪んだ願望を叶えるために、誰かを犠牲にしようとは思わなかった。

その代わりに、百舌鳥の遺骨の一部を用意した。足りない分は自分の身を投げ出せばいいとすら思っていた。

　つまり、ツクモの召喚の試行回数が多いということは――。

「生贄は、何体使った？」

　ザムザは嫌悪感が込み上げてくるのを自覚した。

　試行回数は百を超えている。つまり、百人以上を消費してツクモを召喚しようとしたのだ。

　彼らはザムザのように生ぬるいやり方ではなかったのだろう。これだけ本気で召喚しようとしているのなら、儀式に必要なものは完璧に用意するはずだ。

「クソッ……最悪だ……！」

　ザムザの手が怒りにわななく。

　なんたる非人道的にして唾棄すべき行為。これは、自らの命を擲《なげう》ってでも阻止するに値する。

　もし、ザムザが目の前の資料を見、その近くに「鎮守式異邦神」召喚の異界文書があったとしたら、即座にこの場から回収したことだろう。

　それで全人類平等党に目をつけられても構わない。自分の命一つで、今後、消費されるであろう人々を救えるというのなら安いものだ。

「百舌鳥の足取りが摑めたな……」

百舌鳥は、ザムザが感じたことを実行に移したのだ。

彼の両親は《異邦神》の召喚に巻き込まれて命を落としている。両親のように亡くなってしまう人たちを一人でも減らすために。そして、自分のように遺《のこ》されて悲しむ者を一人でも減らすために。

だが、ザムザはそんな百舌鳥の遺骨を召喚に使い、「鎮守式異邦神」を呼び寄せてしまった。

皮肉にも、ザムザの想いが強かったがゆえに、全人類平等党が成し得なかったことをしてしまった。

ザムザの視界が揺れる。

見開いた眼球が乾き、奥の筋肉が痙攣しているのを感じる。ツクモが自分の名を呼んでいる気がするが、彼の方を見ることができない。

冷静になれ。

ザムザは自らに言い聞かせる。

覆水は盆に返らない。ツクモを帰還させる方法――すなわち、自らの中に生まれたブルーホールを閉じる方法はわからない。

仮に、ツクモを異界に還したからと言って、二度と召喚されないわけではない。ザムザの家に届けられたのは、この保管庫にあった写しである。原本もどこかにあるはずだ。別の何者かが完璧に召喚すれば、もっと大きくてすごいという本体が現れるかもしれない。

「ツクモ」

「なに？」

「お前が完全に召喚されたらどうなる？」

ザムザはツクモの方を見ないまま問う。

考えるような沈黙の後、ツクモが答えた。

「おれは質量があるから……。自力で圧縮できるけど、少なくともさっきの集落くらいの広さは欲しいな。こんな室内で召喚されたら、おれが溢れるか、建物が壊れるかのどちらかかも」

溢れるという表現は、いまいちザムザに理解できなかったが、彼が気にすべきはそこではない。

「お前は願いごとを叶える《異邦神》だと記されていた。……それは本当か？」

「ザムザも知ってるでしょ。おれは代償さえあれば叶えるよ。といっても、動かせる因果律に限るけど」

「……どんな願いごとが叶えられないんだ？」

「扉を潜《くぐ》った存在を、全く同じ形で蘇らせることはできない」

死者を復活させることはできない。ツクモは、裁判官のように明確な口調で断言した。

どちらにせよ、ザムザの百舌鳥を蘇らせたいという願望は叶えられないということか。ザムザは、過去の己の愚かさに辟易《へきえき》した。

「あと、門を持たない存在に子を宿すことはできない」

「門……？」

「きみたちで言う、シキューっていう臓器」

「子宮か。生と死の境界が扉なのに対して、子を生《な》す臓器が門か。なるほど……」

逆に、子宮さえあれば子を宿せるということか。人を食らって死をもたらすものとばかり思っていたザムザだが、生命を生み出すことに一役買えることには驚いた。

といっても、この《異邦神》が宿した生命が、人間にとって常識的なものかは不明だが。

「あとは因果律をたくさん弄ったところでは、願いを叶えるのが難しくなるね。バランスを保ちにくくなるから。おれは、帳尻が合わないことはできない」

願いごとを叶えすぎてもいけないということらしい。しかし、この存在にとっての帳尻が、人間にとっての帳尻と同じとは限らない。

「もし——」

ザムザは重々しく口を開く。

本当に聞きたいことは、ただ一つ。

「仮に、全人類の平等を願われたら、お前はどうする。代償云々《うんぬん》は、いったん置いておくとして」

全人類平等党が目指すのは、その名の通り、全人類が平等になることである。

彼らはその悲願を叶えるべく、必死になってツクモを召喚しようとしていたのだろう。

仮にツクモを召喚できたとしたら、彼らはツクモに「全人類の平等」を望み、どんな代償も払うに違いない。

ザムザの問いに、ツクモはしばらくの間、考えるように視線を彷徨《さまよ》わせる。

そして、名案を思い付いたと言わんばかりの得意顔で、底抜けに明るくこう言った。

「みんなを一つにまとめて混ぜてから、人数分に振り分ける。そうすれば平等だ。振り分けにこだわらなければ、みんなを一つにして終わりでもいい。一つしかなければ差異は生まれず、平等が成り立つから」

あまりにも無邪気で残酷でおぞましい提案に、ザムザは吐き気が込み上げる。全身から嫌な汗が噴き出し、寒くないのに身体が震えた。

だが、彼は間違っていない。帳尻も合っている。正しい発想だ。

しかし、倫理的には誤りだ。最悪で最低だ。

「全部混ぜたら……みんな死ぬ……」

ザムザの精一杯の抗議は、呻き声にしかならなかった。

眩暈のあまり膝を折るザムザに対して、ツクモは背中をさすりながら場違いなほどに優しい声色で言う。

「最初に条件を教えてもらえれば、みんなが扉の向こうに行かないように、おれは頑張るよ。命の維持の仕方は心得ているからね」

命が維持されていたとしても、まともな状態とは思えない。

全て混ぜられた状態で辛うじて生かされているなんて、拷問のようではないか。いっそのこと、心得ていないでほしいと願うほどだ。

それでも、ツクモに悪気はない。彼は感情を交えずに、願いを叶えるために因果律とやらを操作し、帳尻を合わせようとしてくれている。

全人類を平等に。もちろん、自分たちが納得して幸福でいられるように。

そんな願いは荒唐無稽で傲慢なのだと、超次元的な存在に嘲笑《あざわら》われているかのようであった。

「……お前を、全人類平等党に召喚させてはいけない理由がわかった。百舌鳥の判断は正しい」

ザムザの呟きに、ツクモは首を傾げていた。

「で、さっきの願いはザムザの願い？　前の代償を払ってもらった後、叶えられる範囲で叶える？」

「やめろ。絶対に」

ザムザはぴしゃりと拒絶する。

「人間が平等であるべきという思想は大いに結構。不平等がゆえに傷つけられる弱者もいるし、そんな人たちが何らかの形で救われたらいいとは思っている。だがその願いは、人間が変わることで叶えられるべきだ。神に願うことじゃない」

ザムザはツクモではなく、保管庫を通じて全人類平等党に抗議する。ツクモはザムザをじっと見つめて耳を傾けていた。

「じゃあ、叶えなくていい？」

「ああ」

「そっか。わかった」

ツクモはあっさりと頷いた。

発想は残忍なものであるが、彼が徒《いたずら》に人を傷つけたいと思っているわけではないことは伝わる。

常識が違うだけだ。異国の民とも価値観の相違で不協和音を奏でることもあるのだから、相手が異界の神であれば、その不協和音が大きくなるのは仕方がない。少しずつ価値観をすり合わせることが必要だ。もしかしたら、神経がすり減り切るのが先かもしれないが。

「話を戻そう」

ザムザは、おぞましき召喚試行回数の記録に目をやる。

「全人類平等党は、願いを叶えるためにツクモを召喚しようと試みた。その時の代償は支払っているが、失敗している。原因の究明は必要がないので割愛するが、この代償はどこから持ってきたかが問題だな」

「保管庫がここにあるってことは、召喚の儀式を行ったのもここ？」

ツクモは首を傾げる。

ザムザは、汚れた床を見やった。ここにペンキなどで魔法陣を描き、儀式の準備をしていたのかもしれない。

「文書も記録も、召喚場所の近くにあった方が効率的だろうしな。青木ヶ原樹海を選んだのは、富士山の麓だからだろう。富士山は信仰を集めている霊力の高い山だ。召喚の儀式が成功する確率が高いのかもしれない」

「霊力が高ければ高いほど、声はよく聞こえるはず。でも、想いが強いともっとよく聞こえる」

「……人間の欲は、時として高い霊力をも超えるのかもな」

強い想いというのは、ツクモを召喚した時のザムザのことだろう。それに対して、ザムザは自嘲を交えつつ呟いた。

今問題になっているのは、代償をどこで調達しているかだ。これがわかれば、警察を効率的に動かすことができる。

警察を早く確実に動かすことができなければ、全人類平等党に儀式の痕跡を隠蔽させる時間を与えてしまうから。

「……青木ヶ原樹海には、他にも側面があったな」

それは、自殺志願者が訪れるということ。そして、付近に新興宗教の施設があるということ。

村長もまた、新興宗教の施設から逃れてきた人だ。集落には似たような境遇の人間が集まっている可能性が高い。

自殺志願者が多いということは、亡くなったばかりの遺体を集めやすいということだ。遺骨の一部よりもはるかに条件を満たした人体を揃えることができる。

「いや、それよりも……」

「新興宗教の信者、消えてたよね」

「ああ……。消えたのではなく、消したのかもしれない。お前が言ったように」

何らかの強い力をもって、彼らを捕らえて代償にした。だから、行方不明になって消えたという扱いになった。

配信者が集落を訪れているというのに、彼らが動画を上げていないことも気になっていた。彼らの足取りもまた、ここで消えているのではないだろうか。

「ツクモ。儀式が失敗したら、生贄はどうなる？」

「わからない。おれは成功しないと顕現できないし」

「それもそうだな……」

「受肉する肉体を生み出すために、代償を使用して再構成が行われる。そこにおれたちが降臨することで顕現し、儀式が成功する。降臨ができないと、再構成されたものは放棄されるんじゃないかな」

「再構成……。お前が人間を一人取り込んで、片腕を再生させたみたいなことか」

代償となった肉体はまともな状態ではないだろう。だが、消滅するわけではないようだ。

「埋めて遺棄したのか？　それならば何処に」

樹海は溶岩流が固まった大地なので、岩場が多い。儀式で使った遺体を遺棄するのには向かないとザムザは思った。

ザムザの疑問に、ツクモは首を傾げる。

「埋めるの？　勿体《もったい》ないね」

「勿体ない……？」

「何らかの消耗があるかもしれないし、儀式に失敗した素材は再利用できない。でも、おれたちが何かを為すための代償にはなるかも。おれなら、条件さえ満たしていれば受け入れるかな」

召喚には規定の素材が必要だ。仮に失敗したとしても、儀式の過程で何かが消費されているかもしれない。全て混ざってしまうと、儀式を実行する側は何が消費されているかわからず、再利用をするにはリスクがあるので放棄しなくてはいけない。

だが、《異邦神》に捧げる場合は、《異邦神》自身が過不足を判断できる。

集落の人間は、何らかの力をもって新興宗教に復讐《ふくしゅう》し、召喚の贄にした可能性があるというのがザムザの見解だ。

その何らかの力が、《異邦神》によるものなら――。

「ヌマヌシか……！」

沼の中の《異邦神》に儀式が失敗して生み出されたモノを与え、集落の人間は力を得る。そして、新たなる代償を求めて樹海の中をさまよう。

彼らのターゲットは、「不平等」を与える悪《あ》しき新興宗教か、秘密を暴こうとする動画配信者のような存在なのだろう。

そうなると、遺体として発見されたキャンプ客は別の例で命を落としたのかもしれない。その上で、遺体が使えないと判断されたのか、一般人が樹海に入らないようにするためか、何らかの理由でキャンプ場に遺棄されることになったのだが。

いずれにせよ、ここでは多くの人間が犠牲になっている。放置していいことはない。

百舌鳥の遺志を継ぐとしても、そうでなかったとしても、ザムザの選択肢はただ一つだ。

「ブルーホールを閉じよう」

まず、危険な《異邦神》を帰還させるべきだ。

ヌマヌシが、この地の儀式のサイクルに組み込まれていることは明らかだ。帰還させることで儀式の実行を阻止できるだろう。

百舌鳥は、この地でツクモが召喚されることを阻止した。

だが、他の《異邦神》の召喚は試行され続けている。今後も、多くの犠牲を出しながら、ヌマヌシに続く厄介な《異邦神》が招かれることだろう。

だから、サイクルを断ち切るのだ。ザムザには、それができる。

「警察を動かすにしても、まずはお膳立てが必要だ。彼らがまともに仕事をできるように、危険物を取り除かなくては」

「残念ながら、それは不可能です」

　ねっとりと耳朶《じだ》に絡みつくような声に、ザムザは振り向く。

「くっ……！」

　保管庫の扉はいつの間にか開かれ、鍬を持った村長らが佇んでいた。彼らは濁った目をザムザとツクモに向け、生臭い悪臭を放ちながらにじり寄る。

「話は聞かせてもらいましたよ。まさか、そちらの青年が鎮守式異邦神様だとは」

「おれは式守ツクモ。そう名乗ってる」

　ツクモが間髪を容れずにそう言うと、村長は口角を吊り上げて口が裂けんばかりに笑った。

「では、ツクモ様と呼ばせてもらった方がいいですかねぇ。先ほどは失礼しました。あれだけ召喚に失敗していたというのに、まさかこんな形でお会いするとは」

　ザムザはツクモの方を見やるが、彼の表情は読めなかった。

　自分の立場を見極めようとしているのか、それとも、ザムザと村長らの出方を観察しようとしているのか。

　ツクモがどう動くか。それは、ザムザ次第だ。

　ザムザは動揺を振り払い、毅然《きぜん》とした態度で村長に向き合った。

「この施設は検めさせてもらった。儀式をしていたのはあんたたちか」

「いいえ。我々は儀式に必要な素材を集めていただけ。儀式をしていたのは幹部たちです」

「全人類平等党の幹部……だと？」

今まで、誰が儀式を行っているのか明確ではなかったのだが、どうやら位の高い者が実行しているらしい。

「平等を謳っている割には、上下関係があるんだな」

「われわれ人間は未熟です。時には導くものが必要なのです。しかし、最終的にすべてが平等になることで、未熟ではなくなるのです」

「……みんな混ざって、よくわからん肉の塊になって生き続けるとしても？」

ザムザは疑問をぶつける。

だが、村長は濁った目のまま、不快な笑みを貼りつかせた。

「不平等がなくなるならば、それでいい。みんなが平等になれば、私のように搾取される人間はいなくなる。そうでしょう？」

「あんたたちの妄執に、俺たちを巻き込むな！」

ザムザは怒りのあまり声を荒らげる。

「あらゆるどうしようもない理由で弱者になり、強者に搾取されている人間がいることには同情する。だが、平等を強制することは傲慢だ。自分の欲を満たすために他人を不幸にするな！」

「それは我々にも言える台詞《せりふ》だ！　欲を満たすために不幸にされた我々が、奪われた物を取り返して平等になりたいというだけなのに！」

村長は目を剝き、血走らせ、住民たちもまた村長に応じるように鍬を振り上げる。

彼らは、「平等」を妄信していた。

強制的にもたらされる歪んだ平等のおぞましさから目を背け、平等という概念が齎されれば幸福になると信じて疑わなかった。

同じ世界の同じ人間だというのに、ここまで話が通じないとは。

ザムザは、ツクモの方がよっぽど心を通わせられると思ってしまった。彼の価値観は大きく異なるが、彼は人間に寄り添おうとしてくれるから。

「あんたが新興宗教に搾取されていたことは同情する。他の人たちも、似たような境遇だったんだろう」

だから、ザムザが東京の厳しさを口にした時に態度が軟化したのだ。彼らは、ザムザもまた都会的な価値観に搾取されるものだと思ったから。

それゆえに、《異邦神》の一部が染み込んだ水を使ったお茶を出し、自分たちの仲間にしようとしたのだろう。

ある種の同情と、優しさが垣間《かいま》見《み》える。

しかしそれは一方的で、あまりにも身勝手だ。自分たちこそ正義だと信じて疑わない、恐るべき思想の持ち主の所業である。

「あんたたちの因縁は、あんたたちのものだ。俺たちには関係ない。そして、普通に生きている人たちにも。だから、巻き込むのは間違っている……！」

しかし、村長は目をこぼれんばかりに見開きながら、首を横に振った。

「いいや。我らの邪魔をする者は消えてもらわなくてはならない。そして、今普通に生きている者たちも、今後、誰かを搾取しないとも限らない……！」

「だからといって、『平等』という名目で全てを生ける肉の塊にするなんて馬鹿げている！　しかも、それを神に祈るなんて！」

ザムザは拳を振り上げた。

「いいか。《異邦神》は力だ！　あんたたちは《異邦神》を利用している以上、力があるものだ！　神を持たぬものに力を行使しようというのは、強者が弱者を搾取するに他ならない！　あんたたちがやられたように！」

そう、《異邦神》の力が行使できる以上、彼らは弱者ではない。強者なのだ。

前提が覆った村長らに、動揺が走る。

「し、しかし……」

「あんたたちは大義名分のもと、自らの欲望を満たすために暴力を振るいたいだけに過ぎない！　不平等を埋める方法は、他にあるはずだろう！」

「煩い！　黙れ、青二才！」

村長は力任せに鍬を振るう。

ザムザが間髪を容れずに避けたので、空振った鍬は明後日《あさって》の方へと向かい、鉄製のラックに激突した。

ラックが大きく揺れ、上に積まれていたクーラーボックスが落ちる。ズドン、と大きな音がしたかと思うと、衝撃で開いたクーラーボックスから大量の氷と「なにか」がこぼれた。

「これは……！」

膝を抱えた人間であった。屈葬のようなその姿はすっかり冷えて、死んでいるのは明らかだ。

「儀式の『素材』か……！」

「そこに貴様を加えてもいいんだぞ？　クーラーボックスの空きは、まだある」

村長は、ゆらりと鎌首をもたげるようにザムザを見やった。入り口に待機していた住民たちも、彼らの歪んだ平等を体現するかのように、ぞろぞろと一様な動きでやってくる。

「駄目」

村長とザムザの間に、ツクモが立ちはだかる。

「ザムザは殺させない」

「ツクモ……」

「おお、ツクモ様。我々にはあなたの力が必要なんです。全人類に平等をもたらすには、あなたの力が……！　あなたが顕現されたと幹部に伝えたら、党員全てであなたを歓迎するでしょう。だから、どうか……！」

村長は、すがるようにツクモに歩み寄る。しかし、ツクモはザムザの腕を引っ掴んだ。

「今のおれは一部だけしか顕現してない。全人類に作用するほどの因果律は動かせない」

「ならば、一度お戻り頂いて、改めて完全なる形で召喚いたしましょう！」

村長の腕がツクモに伸びる。

しかしツクモは、ザムザの腕を掴んだまま走り出した。

「ツクモ様！」

「ザムザ、姿勢を低くして」

「あ、ああ……！」

住民たちは動揺しながらも鍬を振るい、或る者はツクモの足を止めようと、或る者はザムザを打ち据えようとする。

ツクモはその間を器用に縫い、かがんだザムザの頭上を鍬が掠める。

あっという間に村長たちの包囲網を抜け、保管庫から外に出た。

「ツクモ……お前は……」

「おれはこの身体で、ザムザから学びたいことがまだある。だから、新しい身体はいらない」

「……そうか」

ザムザは、腕を引っ張って走るツクモに身を任せる。

人間の常識がよくわからず、感情で律を動かすことを嫌う彼が、今、感情のままにザムザと自らの肉体を守っている。

ザムザにとってそれは奇妙な感覚であったが、彼と何か不可視の糸で繋がっているようで、悪い気がしなかった。

「ザムザ、これからどうする？」

「……儀式の素材にされている遺体が見つかった。警察を呼ぼう。あれがあれば、警察の捜査の指針が定まるはずだ。だが、その前に――」

ザムザは、夜の青木ヶ原樹海の闇の中でもなお輝く沼の方を見やる。

常人では、その輝きは見えない。ザムザの異界の痕跡を捉える目だからこそ、異界の燐光が見えるのだ。

「《異邦神》に還ってもらう」

「……わかった」

相手は生贄の成れの果てを食らって、生贄を手に入れるために動く集落の人々に力を与えてきた、恐るべき存在だ。

だが、ツクモにとっては同郷の同胞である。顔見知りでなかったとしても、忌まれて強制送還される様を見るのは複雑だろう。ザムザだって、人間がいない見知らぬ土地で、人間が忌むべきものとされているのを見たら心が痛む。それが、顔も知らない他人だったとしても。

ツクモにそんな感情があるかわからない。だが、幽霊アパートで《異邦神》の帰還そのものに手を貸さなかったのも、そんな心境からかもしれない。

それでも、ツクモはザムザとともに沼のほとりまでやってきた。沼は相変わらず、青い燐光が渦巻いていた。

ザムザとツクモは、朽ちかけて意味をなさなくなりつつある注連縄を越える。

「ブルーホールは、恐らくこの中だ」

ザムザは沼の中を指さした。

この中にあるからこそ、眩《まばゆ》い燐光が溢れているのだ。ザムザはそう確信していた。

ブルーホールの場所はわかる。問題なのは、それが水の中というところか。

「沼の水を抜けばいけるかもしれないが、現実的ではないな……」

沼の深さはわからない。しかも、《異邦神》が待ち構えているはずだ。

このまま沼の中を泳いで閉じにいくのと、どちらが現実的でないだろうか。

「これ、水かな」

「なに？」

ツクモの疑問に、ザムザは顔をしかめる。

ツクモが言わんとしていることを理解しようと顔を向けたその時、ツクモの背後に迫るものがあることに気づいた。

「ツクモ、危ない！」

複数人の住民が、鍬でツクモを打ち据えようとしているのを見て、ザムザの身体は動いた。

村長は、一度お戻り頂くと言っていた。

先ほどは中途半端に腕だけをふっ飛ばして反撃をされたため、一気に潰してしまおうとしたのだろう。肉体を破壊して、再召喚のために帰還させようという算段か。

だが、彼らは知らないのかもしれないが、ツクモはそのくらいでは死なない。ザムザはそんなことわかっていたはずなのに、庇ってしまった。

今度は反撃されるであろう住民ではなく、ツクモを。

ザムザはツクモを突き飛ばし、自らもまた避けようとするものの、間に合わなかった。

ジャケットが鍬に引っかかり、そのまま沼に目掛けて振り払われた。

「ザムザ！」

ツクモが叫ぶ中、ザムザは沼の中へと落ちる。

燐光で輝く水面が波打ち、激しく泡立ったかと思うと、しんと静まり返ってしまった。

「さて、邪魔者は消えました」

水面を覗くツクモに、村長が歩み寄る。

「あなたは我々とともに来てください。あなたに相応しい場所は、我々のささやかな秘密を嗅ぎまわる薄汚い探偵の隣ではないはずです」

ツクモは、村長の言葉に振り向かないまま答えた。

「おれはザムザと丸善に行く約束をしてるから」

「丸善？　そんな場所であれば、いくらでもお連れしましょう。我々はこの地で質素な生活をしていますが、幹部の中には不自由のない生活をされている方がいて——」

ツクモは振り向く。その表情に、村長らはぎょっとした。

ツクモは笑顔だった。

その表情は無垢で純粋で、異界のものの燐光よりもなお輝いて見えた。残忍さの欠片もない、美しい微笑であった。

「でもきみたちは、ザムザじゃないから」

ツクモはそう言い残すと、躊躇《ためら》うことなく沼へと飛び込んだ。

異界探偵の相棒

第四章　異界探偵の相棒

ザムザは沼にその身を落として、ツクモが言っていたことを理解した。

蜘蛛《くも》の糸のようにまとわりつくような感覚、いつ嗅覚が麻痺《まひ》してもおかしくない悪臭に、絶え間なく蠢く燐光。

これは間違いなく、《異邦神》の体液だ。

青い光が渦巻く中、底に鎮座する存在がいた。

眩い燐光のせいでよく見えないが、おそらく《異邦神》だろう。ザムザが沼に落ちたというのに動く様子はない。底に来るまで待ち構えているのだろうか。

だが、その隣に渦巻く燐光の中心があった。

ブルーホールだ。

それを閉じれば、忌まわしき《異邦神》を帰還させられる。

（やるしかない）

ザムザは覚悟を決めた。

底はそれほど深くない。水面に顔を出そうとしても、沼の外には村長らが待ち構えている。

ならば、これを好機としてブルーホールを閉じるしかない。《異邦神》と距離を取りながら底を目指すザムザ。しかし、思った以上に沼の粘度が高く、先へと進めない。

燐光を捉え続けている目の奥が、抉《えぐ》られるように痛み、もぎ取られてしまうかのようだ。

《異邦神》の体液の中に入るなんて、《異邦神》と同化しているに等しい。脳の奥が痺《しび》れ、どちらが底でどちらが水面だかわからなくなる。

そんな時、ブルーホールの隣に人影が見えた。

（百舌鳥？）

それは紛れもなく、高枝百舌鳥であった。

彼はザムザの方を向き、沼の底で手招きをしている。

彼は死んだはずだ。しかし、目の前の百舌鳥は生きている。ザムザの罪を赦《ゆる》し、全てを受け入れるかのような微笑を湛《たた》えていた。

ザムザは、そんな百舌鳥に抗えなかった。

思考に靄《もや》がかかり、使命感がぼんやりとしていく。自分は、どうしてここにいるのかわからなくなってきた。

自分が何者であるかも曖昧だ。もはや自分の名前が思い出せなかったが、そんなことはどうでもいい。

ただ、会いたかった人が目の前にいるということはわかる。

ザムザは自然と身体をそちらへ向け、百舌鳥に手を伸ばす。百舌鳥もまた、ザムザに向かって手を伸ばした。

二つの手が繋がれようとしたその時、先にザムザの腕を掴む者がいた。

「ザムザ！」

ツクモだった。

ザムザの意識が覚醒し、自らの使命を思い出す。

自分は班目ザムザ。異界探偵だ。

《異邦神》によって不幸になる人間を一人でも減らすために、自らの異能でブルーホールを閉じている。

そして、元相棒の百舌鳥の遺志を引き継ぎ、使命を全うしなくてはいけなかったはずだ。

目の前にいたのは、百舌鳥ではなかった。

名状しがたき巨大な異形だ。

海底を歩くようにさまよう魚によく似た形だが、大きさは魚のそれではない。十畳ほどの巨体で、ザムザなど丸呑みできるほどだ。シルエットは魚のようだが、鱗の類は見当たらない。肌質は人間のようで、水死体のように膨らんでいた。

儀式に失敗した遺体を食らい、ブクブクと肥え太ってきたのだろう。

一対の双眸があり、目が合った瞬間、ぞっとした。

その目は魚のそれではなく、明らかに人間のものだった。その目がザムザを見て、嗤った気がしたのだ。

不気味な双眸の前には、ぼんやりと燐光を放つ発光器が揺らいでいる。その光は幻想的ですらあり、ザムザは反射的に目をそらした。

それはチョウチンアンコウの擬餌状体のようで、ザムザはそれに惑わされたのだと悟る。《異邦神》はザムザの認知を歪ませて、百舌鳥の幻を見せていたのだ。

自らのテリトリーの底で待つ、この怠惰な《異邦神》は、ただ餌を与えられているわけではなかった。

何らかの形で人間を誘導し、沼に引きずり込んで食っていたのだ。

その影響から逃れるために、集落の人々は沼の周りに注連縄を張った。しかし、《異邦神》の影響か、それとも樹海の湿度のせいか、注連縄は劣化して無意味なものと化していた。

そこで、キャンプ客が巻き込まれたのだろう。

上半身をなくした憐れなるキャンプ客もまた、この《異邦神》の力の一端に触れ、沼に引き寄せられてしまったのだ。

そうなると、キャンプ客の上半身は《異邦神》の腹の中か。

いずれにしても、憐れなる迷い人を殺したのは、この《異邦神》で間違いない。

異様な身体に備わった、がま口のような口からは、獣のような歯がずらりと覗いている。

怠惰にして強欲な《異邦神》は、口を半開きにしてザムザを待っていた。口から溢れる体液は、蜘蛛の糸のようにザムザへと絡みつく。

しかし、ツクモがザムザの腕を引っ張り、推進力を与えた。そのお陰でまとわりつく体液から逃れられ、ブルーホールに到達する。

幽霊アパートのブルーホールは幕であったが、このブルーホールは文字通り穴だ。

ブルーホールの周辺に、空間の断片が漂っている。

《異邦神》は重々しく身体を動かし、ずるりとふたりのもとへ近づく。

「ザムザ、早く!」

ツクモがその前に立ちはだかり、ザムザは両手で空間の断片を引っ摑んだ。

「還れ、異邦の神よ!」

ザムザは空間の断片を埋め込み、ブルーホールを塞ぐ。

その瞬間、全ての流れが変わった。

渦巻いていた燐光が逆流し、全ての力が穴の向こうに吸い込まれるのを感じた。

「ザムザ！」

ツクモがザムザの手をしっかりと摑む。ザムザもまた、ツクモの手を握った。

《異邦神》が悶え、沼全体が揺れ動く。大きな流れがふたりをもみくちゃにした。

《異邦神》のせいで歪んでいたものが元に戻ろうとしている。ザムザは直感的にそう確信していた。

しかし、その結末を見届ける前にザムザの中の酸素が切れる。口の中から溢れる大量の泡とともに、ザムザの意識が沈んだのであった。

＊　＊　＊

班目ザムザは満足感を抱いたまま、深みへと沈んでいった。

《異邦神》は帰還させた。これで、青木ヶ原樹海で行われていた儀式のサイクルは断たれるだろう。

集落の人たちはどうなるのだろうか。あの冷凍された遺体はどうなるのだろうか。

警察に報告できなかったことは心残りだが、警察だって無能ではないはずだ。

キャンプ客の遺体が集落から運ばれたものだと気づき、そこから集落周辺へと捜査の手が伸びるだろう。

信仰にして武力であった神を失った集落の人々は烏合《うごう》の衆《しゅう》と化しているだろうし、捜査は容易なはずだ。そこで、保管庫を見つけてもらえればいい。

惜しむらくは、異界文書の回収ができなかったことだ。イトに行き先を伝えておけばよかったと後悔する。

警察の——異界に関わっていない者の目に触れたらどうなってしまうのだろうか。

といっても、警察が《異邦神》の召喚を行うとは思えない。証拠品として、おいそれと手を出せない場所に保管されるのが丁度いいのかもしれない。


果てしない闇の中へと沈んでいたザムザは、ふと、《底》についた。

これは、先ほどまで自分がいた沼の底ではない。

上下左右のわからない真っ暗な空間だが、足の裏に床のような感触があるのは確かだ。

そんな不可思議な空間の中で、ぼんやりと佇むものがあった。

扉だ。

凱旋門《がいせんもん》のように巨大な、白くのっぺりとした扉が目の前にあった。

「これは……もしかして……」

　ザムザはツクモが言っていたことを思い出す。

　生と死の境界には扉があるという。ならば、ザムザは死んでしまったというのか。

　だが、扉というのは飽くまでも異界の信仰の話なのだが――。

「異界に近づきすぎた人間の前には、三途の川ではなく扉が現れるということか」

　ザムザは皮肉めいた笑みを浮かべると、そっと扉に触れる。

　大きさの割には薄っぺらく、まるで質量を感じさせない。押したらすぐに開いてしまいそうだ。

　ザムザは、この先に行くべきなのだという使命感を抱いていた。扉を開いて先に進むことがごく自然なことのように思えていた。

「この先に、百舌鳥はいるのだろうか」

　自分が取った行動は、百舌鳥にとって正しいものだったのだろうか。その答え合わせをしてもいいかもしれない。

　そんな時、ふと、視界に何かが映るのに気づいた。

「百舌鳥……！」

　扉の先の空間に、黒髪の青年が立っていた。先ほどの幻とは違い、存在が確かなものだった。

ザムザは駆け寄ろうとするが、百舌鳥は彼を手で制した。ほんの少しだけ寂しげな、笑みを湛えて。

「班目さん」

「百舌鳥、その……俺は……」

すまなかった。お前を死なせてしまった。それどころか、お前の遺体まで辱めてしまった。

そんな後悔の念が口をついて出そうになるザムザであったが、百舌鳥は首を横に振った。

「謝らないでください、班目さん」

百舌鳥のハッキリとした声が聞こえる。彼の澄んだ瞳は、真っ直ぐにザムザを映していた。

「命の危険は、異界と関わる時に覚悟をしていました。異能を持たない僕が班目さんの助手になった時、高枝百舌鳥は彼岸に渡り、残ったのは使命感だけでした。だからあの時、無謀な賭けに出た。あなたに迷惑をかけるとわかっていたのに」

「迷惑だなんて……そんな……」

「連中の尻尾を掴めそうだったので、追うことを優先した。一度立ち止まってあなたに連絡をしていたら、冷静な見解をくれて、もっとスマートにことが運んでいたかもしれないのに」

「そんなことはない……！　お前は最も危険な異界文書を奪取し、儀式を妨害した。それで救われた人間もいたはずだ」

ザムザの言葉に、百舌鳥は嬉しそうに微笑む。そんな笑顔を見ていると、ザムザも心が救われるようだった。

「有り難うございます、班目さん。あなたはいつも優しい」

「……俺は礼を言われるような人間じゃない。俺は、お前が決死の覚悟で儀式を止めたというのにお前の遺骨を……」

「いいんです」

ザムザの中に渦巻いていた罪悪感を、百舌鳥は笑顔で一蹴した。

「お陰で、班目さんと一緒に思い遺したことができました。あなたのそばにいれたのも、嬉しかった」

「なに……？　それじゃあ、あいつが不可解な行動をしたのは、お前が……」

感情で律を乱すことを嫌悪していたツクモが、感情でザムザを手助けしてくれた。

それが、百舌鳥によるものだと思えば、ザムザも納得がいった。

しかし、百舌鳥は首を横に振る。

「僕にそんな力はありません。彼は神様ですよ」

「なら、あれはツクモが……」

「そうなりますね。僕は中で眺めていただけ。ひやひやすることがいっぱいありましたけど、僕はこうなれてよかったと思います」

百舌鳥は満足そうだった。

遺骨の一部が異界の存在に取り込まれているというのに、晴れやかな笑顔だった。

そんな笑顔を見ていると、ザムザの胸にずっと立ち込めていた暗雲も、少しずつ晴れていくようであった。

「そうか……」

「それにね、班目さん。意外と心地いいんですよ。なんかゆりかごに揺られてるみたいで」

「《異邦神》と同化した者の感想は興味深いが、感覚を乱されている可能性があるぞ」

「あはは、そうかもしれませんね」

百舌鳥は朗らかに笑う。

《異邦神》に遭遇して正気を失うものが多いせいで、ザムザは反射的に忠告してしまったのだが、百舌鳥の様子は生前と全く変わらない。正気を失っているようには見えなかった。

「班目さん」

「なんだ」

「もし、僕の遺骨が回収できたとしても、親戚に持っていかなくてもいいですからね。ドン引きされそうですし」

「だが……」

「僕はお墓の中より、班目さんの近くにいたいです。あなたのことを、これからも見守らせてほしい」

ちょっと重かったかな、と百舌鳥は苦笑する。ザムザは、「そんなことない」と首を横に振った。

「わかった。お前の意思を尊重しよう」

「助かります。一番いいのは、剝き出しの遺骨じゃなくて彼の中で見守れることなんですけどね」

百舌鳥は冗談っぽくそう言って、ザムザの背後を指さした。

ザムザは、つられるように後ろを見やる。すると、真っ暗だと思っていた空間が、眩い白に塗り潰されていた。

光だろうか。

そう思ったのも束《つか》の間《ま》、目の奥に鈍い痛みが走り、異能の目が燐光を捉えた。

白いものは光ではなく、躰《からだ》であった。

高層ビルをゆうに超える純白でのっぺりとした巨体が、ザムザの背後に音もなく佇んでいたのだ。

ザムザがその存在を認識した瞬間、巨体から無数の触手が溢れ出す。

あるものは天を目掛け、あるものは地を這い、境界の世界全てを抱くように真っ直ぐに伸びていく。

巨体の頭頂部には、赤い月のような色の光輪が煌々《こうこう》と輝いていた。それは不穏ながらも威厳に満ちていて、畏怖を抱かざるを得ない。

「ツクモ……なのか？」

どこが目なのか、どこが口なのか、頭部と胸部と腹部の区別すらない異様な存在は、九十九はあるであろう触手をあらゆる場所に伸ばしている。

全人類平等党が躍起になって召喚しようとした理由がわかる気がする。

この存在は、ヌマヌシとは明らかに格が違う。

異界の全知にして律を司《つかさど》り、平等を齎す天秤そのものであり、生と死の境界の管理者なのだ。

ザムザは、自分のエゴの大きさが、この偉大なる存在の一端を引き出したかと思うと畏れ多さにくずおれそうになった。

恐怖と畏怖と奇妙な安らぎに囚われ、ザムザは感情をかき乱される。

感情が昂《たかぶ》る中、頬にあたたかいものが伝うのを感じた。

涙だ。

それはとめどなく零れ、ザムザは拭う術を忘れていた。

それを察したかのように、一本の触手がザムザの目の前に伸ばされた。

ほのかな燐光を纏《まと》わせながら、緩慢に差し出される触手。

ザムザには、逃げるという選択肢があった。百舌鳥の方を見やり、彼にどうすべきか相談するという選択肢もあった。

しかし、ザムザはいずれも選ばなかった。

「俺を、迎えに来たんだな」

ザムザは人の腕ほどの太さの、ぬるりとした触手に触れる。

その瞬間、触手から人間の手がぼこりと飛び出して、ザムザの手を握りしめた。

ザムザは反射的に短い悲鳴をあげそうになったが、ぐっとこらえて受け入れた。伸びてきた手は、ツクモの手の感触そのものだった。

やはりこの巨体は、ツクモなのだ。質量が大きいという彼の本体だろうか。

他の《異邦神》と同じく、異様で奇妙な姿だが、神々しくも厳かな姿だとザムザは感じた。

ツクモは光輪で闇の中を照らしながら、少しずつ扉から離れていく。ザムザもまた、彼に連れられて境界を離れることにした。

百舌鳥の方は、もう振り返らなかった。振り返らなくても、百舌鳥が見守ってくれているだろうという確信があった。

ザムザはツクモと繋いでいない方の手を上げると、百舌鳥に向けて軽く振った。

それを最後に、ザムザの意識は途絶えたのであった。

＊　＊　＊

むせ返るような苦しさと、濃厚な緑の香りを感じながら、ザムザは目を見開いた。

「ごほっ、ごほっ……！」

反射的に咳《せ》き込んだザムザの口から、大量の水が溢れる。いや、水というよりも粘液だ。

ひどい悪臭を放つ粘液は、地面に落ちるや否や、溶けるように虚空へと消えた。

「ザムザ！」

歓喜の声とともに、ツクモが抱きつく。

「ぐえっ！　お、俺は……？」

「ザムザ、全然起きないと思ったら呼吸が止まってた。本で見た人工呼吸ってやつを試してみたんだけど、おれ、呼吸してないからよくわからなくて」

どうやら、ツクモがザムザを助けてくれたらしい。物理的な意味で胸が痛むが、胸部圧迫もしてくれたのだろう。

「すまない……。だが、助かった……」

「良かった。目覚めて」

ツクモは無邪気な笑みを浮かべる。

神々しい異形ではなく、百舌鳥の姿を借りたツクモだ。百舌鳥と同じ顔の造形だが、彼がしたことのない表情をする。

だが、その中にも百舌鳥がいる。そう思うと、ザムザはこの隣人に対して、素直に親しみを向けることができた。

「有り難う、ツクモ。俺を連れ戻してくれて」

ザムザが手を差し伸べると、ツクモは笑顔でザムザと握手をした。その手の感触は、扉の前で感じたものと全く同じだ。

「さて――」

ザムザは沼の方を見やる。

あれだけ溢れていた燐光は、もう跡形もない。それどころか、沼の水は引いていて、底が見えていた。底には濁った泥が堆積しているだけだった。

やはり、沼の水に見えていたのはヌマヌシの体液だったのだ。ザムザは体内にまだ体液が残っているような気がして、不快な気持ちになる。

村長たちの姿は消えていた。ツクモが追い払ったのだろうか、それとも、ヌマヌシが消えたので逃げたのだろうか。

「ヌマヌシは帰還させられた。警察を呼ぼう。俺はまた、事情聴取をされることになるだろうが」

「おれは先に帰る？」

「いや……。口裏を合わせてくれるなら、一緒でいいだろう」

「やったー」

「やってない……」

ザムザにとっての事情聴取なんて、警察に根掘り葉掘り聞かれる憂鬱なものだ。異界のことを伏せつつ、ツクモのフォローをしつつ、上手く説明できるかと不安になってしまう。

ザムザが頭上を仰ぐと、樹海の木々の向こうに見える空はほのかに明るくなっていた。

夜が明けるのだ。

警察が来る前に異界文書を回収しなくてはいけない。ザムザの仕事はまだ続いている。

「行くか」

「そうだね」

それでも、ザムザは一人ではない。

ザムザはツクモと頷き合うと、聖域だったくぼ地を後にして、保管庫へと向かった。

保管庫の異界文書を回収し、警察を呼んで事情聴取を受け、ザムザの役目はひとまず終わった。

ブルーホールが失われてヌマヌシがいなくなった後、集落の人々は蜘蛛の子を散らすように逃げたらしい。

警察が付近で身を隠そうとしている彼らを発見し、身柄を確保したという。

ザムザは警察に彼らの姿を見せてもらったが、昨晩とは全く違う様子であった。目の異様な濁りはなくなっているものの、唇や手足はすっかり乾ききっていて、ミイラのようになっていた。

沼の底からは、ペースト状になった遺体と思しきものが発見されたという。ザムザが泥だと思ったのは、ヌマヌシに捧げられた代償の一部だった。後日、その中にキャンプ客の上半身もあったことが判明する。

保管庫の遺体も発見されたので、集落の人々が罪に問われるのは間違いないだろう。彼らが裁かれ、憐れな遺体があるべき場所に戻れるならばそれでいい。今回の事件も、カルト教団がでたらめな儀式を行ったせいで凶悪な事件が起きたと処理されるのだろう。

ザムザは、ひとまずはそれでいいと思った。異界に触れてしまった者が現世に戻り、現世のものが異界に触れることがなければ。

＊　＊　＊

ザムザが日本橋の事務所に戻ると、白衣にも似た白いコートをまとった女性が事務所の前で待っていた。

「遅いぞ、班目君！」

「イトさん」

イトと呼ばれた女性は、腰に手を当ててふんぞり返ってザムザとツクモを見やる。すらりとした長身で、見た目はザムザよりも少し年上といったところだ。出会ってから数年経つが、彼女の外見年齢は全く変わらない。それで祖父と古い付き合いというのだから、年齢不詳である。

「すいません、事情聴取が思いのほか長引いて。しかし、訪問時間は五分後では？」

ザムザは自分の腕時計を見やる。指定された時間、ギリギリに戻ってきたはずだ。

それに対してイトもまた、自分が手にしたトランクケースについた懐中時計を見やる。

「過ぎてるぞ！」

彼女は懐中時計をザムザに見せつけた。たしかに、三分ほど過ぎている。

「失礼ですが、その懐中時計は電波時計……ではないですよね？」

「手巻き式だ！」

「……進んでいるのかもしれません。スマートフォンの時計に合わせて動きましょう」

ザムザはやんわりとそう言った。

「細かいことを言うな。例のものはあるだろうな」

事務所の鍵を開けるザムザに、イトが問う。

「ええ。追加もあります」

「結構」

イトは異界文書の研究者だ。発見した異界文書は彼女が厳重に保管しており、異界の謎を解く研究に役立てている。

異界の謎を解くことによって、異界からの侵食が防げるかもしれない。

それが彼女の狙いだ。

イトはこの世界の秩序を保つために、異界を見極めるべく異界に近づいている。その点は、異界に関わって不幸になる人間を減らしたいというザムザたちと利害が一致していた。

ザムザはイトを招き、ツクモを入れ、事務所の鍵を内側から閉める。

留守中に何者かに侵入された形跡がないのを確認すると、イトを事務所内のソファへと案内した。

「君が式守君か」

イトはツクモを見てそう言った。

「班目君から事情は聴いている。見た目は人間と変わらないな。興味深い」

「おれは式守ツクモ。よろしく」

ツクモはイトに手を差し出した。

「おっと。初対面の相手に不躾だったな。私のことはイトと呼んでくれ。コードネームみたいなものだ」

イトはツクモに手を差し出し返し、ザムザの方を見やった。

「彼とは接触しても大丈夫か？」

「大丈夫でした。俺は」

「ふむ。失礼」

イトが慎重にツクモに触れると、ツクモはやんわりと手を握り返した。

「体温が感じられない。死人みたいだな。血が通っていないのか？」

「うん」

ツクモは素直に頷く。

「色白だと思ったが、そういうことか。質量が違うようだし、人間の姿をしているだけの異なるモノという感じか……」

イトは興味を惹かれたようで、ツクモの掌《てのひら》をむちむちと揉み出し、袖をめくって腕に触り始める。

「イトさん。それはセクハラですよ」

ザムザの強い口調に、イトはハッとした。

「失礼。こんな風に近くで《異邦神》を見るのは初めてだからな。しかも、話が通じる相手がいるとは」

「話はまあ……半分以上はなんとか……」

ザムザは頭を抱える。すると、ツクモは不思議そうな顔をした。

「おれはザムザが言ってること、わかるよ」

「言語を理解するのと意図を理解するのは違うんだ」

ザムザはぴしゃりと言った。イトはザムザが言わんとしていることを察し、ツクモは首を傾げたままだった。

ザムザはイトのために紅茶を淹れ、彼女に今までの経緯を説明する。その上で、回収した異界文書を手渡した。

「それは大冒険だったな。君が儀式の拠点を一つ潰したことで、今までの犠牲者や高枝君も浮かばれるだろう」

「それならいいのですが」

犠牲者たちのことはわからないが、百舌鳥は満足した様子だった。それだけが、ザムザにとって救いであった。

「今度は、もう少し前の段階で防ぎたいものです。そしたら、犠牲になったキャンプ客だって……。それに、集落の住民以外の全人類平等党も、尻尾を摑むことができなかったし……」

「班目君」

イトがザムザを遮る。

「自分はなんでもできると思うな。そいつは傲慢だ。君のお陰で、未来の犠牲者が救われたんだ。誇りたまえ」

「……はい」

　イトの力強い言葉に、ザムザは少しだけ心が軽くなった気がした。

「特に、現地で《異邦神》を帰還させるなんて、ほとんどの人間ができないことだ。もちろん、私も。私に異界の痕跡は見えないからな」

「そう……ですね。精進します」

「謙虚な若者だな。まあ、異能に加えて君には——」

　イトはツクモの方を見やる。

「いい相棒ができたようじゃないか。話を聞いた時はどうかと思っていたが、《異邦神》がこちら側についてくれるなら頼もしい」

「ですが、ツクモはその……価値観が違うところもあるし……」

　ツクモは住む世界が違い、考え方が違う存在。それだけは、どんなにふたりが近づこうとも変わりがないことだ。

　考え方が違えばすれ違いが起きる。それが時として、致命的なことにも繫がるかもしれない。

　しかし、イトは自信たっぷりにこう言った。

「私だって、《異邦神》を全面的に信用するわけじゃない。これは、意図して裏切るとかそういう話じゃない」

イトもまた、ザムザが懸念していることを察していた。ツクモに慮るように、やんわりと断りを入れた。

「《異邦神》にとっての正義と、我々にとっての正義が同じとは限らない。人類の中でも正義が異なるようにな。しかし、対話ができるのならば、わかり合える機会もあるはずだ。君たちには、その余地が見える」

「イトさん……」

「ザムザといっぱい話をしろってこと？」

ツクモの疑問に、イトはにやりと笑った。

「そのとおりだ。察しがいいぞ、式守君。班目君は堅物なところがあるが、気長に付き合ってやってくれ」

「堅物？　そうかな。ザムザは優しい。おれ、ザムザと丸善に行くのが好き」

「ははっ、それはいい！　あとは若いふたりに任せるとするか」

イトは豪快に笑うと、異界文書をトランクケースに放り込み、厳重に鍵をかけた。

「若いかな。おれ、イトよりも長い間存在してるけど」

「見た目が若いから若い！」

首を傾げるツクモに、イトはソファから立ち上がりながら断言する。彼女を見送ろ

う と立ち上がりつつも、ザムザも首を傾げた。

「見た目が若いというのなら、イトさんも同じでは……」

「こいつは化粧っていう魔法を使ってるだけだ。私なんぞしわくちゃのババアだぞ！」

わははは、と大口を開けて笑いながら出口まで向かったかと思うと、イトは背筋をしゃんと伸ばし、ふたりの方を振り返る。

「君たちを見て確信した。《異邦神》は強大で脅威だが、召喚者の心掛け次第でよき隣人になる可能性だってある。私はその行く末を見守りたい。また寄らせてもらうよ」

「ええ。次は早めに事務所を開けられるようにします」

ザムザはイトに頭を下げる。

「結構、結構。文書回収の報酬は、のちほどいつもの口座に振り込んでおこう。それで、式守君の気に入った本でも買ってやりたまえ」

「やったー。イト、好き！」

ツクモは諸手を挙げて喜ぶ。イトはそんな姿を満足そうに眺めながら、事務所を後にした。

「やれやれ。嵐みたいな人だったな。自分を年寄りのように言っていたが、一体、何歳なんだ……？」

ザムザはイトの姿を見送ると、事務所の鍵をかけた。

「ザムザ、丸善は？」

「少し休んだら行こう。シャワーだけ浴びさせてくれ」

「いいよ」

電車の中で仮眠をとったとはいえ、徹夜で異界関係の事件を追っていたので、疲労《ひろう》困憊《こんぱい》だった。

しかし、今はツクモを労《ねぎら》いたい。

彼のお陰で事件を解決できたし、彼のお陰で百舌鳥も満足できたのだから。

ザムザは、境界で見たツクモの姿を思い出す。

恐ろしくもあり、神々しくもあったが、奇妙な安心感もあった。百舌鳥がゆりかごのようだと表現した気持ちも、わからないでもなかった。

「よき隣人……か」

もし、ザムザが自らの欲にまみれていたら。もし、ツクモと適切な距離を保てていなかったら。

今頃、違う結末になっていたかもしれない。

幽霊アパートのバラバラになった召喚者や、ヌマヌシに魅せられていた集落の人々のようになっていた可能性もある。

「そうだ。どうしてあの時、俺を手助けしたんだ？」

ヌマヌシを封じる時、ツクモが手を貸してくれた。

ツクモにとって、ザムザがやっていることはこの世界から同胞を追い出す行為だ。この世界を好む彼にとって、矛盾した行動だとザムザは感じた。

「そうしないと、ザムザが死んじゃうと思ったから」

「まあ、そうだな……」

ザムザは諦めが悪い。躍起になってブルーホールを閉じようとして、そのまま溺死していたかもしれない。

「あとは、ザムザが大切にしていることだから。ザムザが大切にしてること、尊重した方がいい気がした。ザムザはおれの大切にしてること、尊重してくれてるみたいだったから」

「そ、そうか……」

対話ができるのならば、わかり合える機会もある。

イトの言葉を思い出す。

お互いに異なる価値観があり、譲れないことがある。しかし、それらを守りつつも歩み寄ることができるのだ。

ザムザが感じ入っていると、ツクモが口を尖らせた。

「ザムザ、シャワー早くして。おれ、丸善いきたい！」

「わかった、わかった。すぐに行くから」

ツクモに背中を押され、ザムザは苦笑しながらシャワールームへと向かう。

笑ったのは久しぶりかもしれない。

ザムザは心が軽やかになるのを感じながら、安らぎに身を任せたのであった。

閑話　異界探偵と異邦神の日常

一緒に丸善に行って書店で本を一冊買う。

それが、ザムザがツクモに差し出した代償であった。

ツクモに対して少しばかり歩み寄ることができたザムザにとって、そんな代償は些《さ》事《じ》であり、いくらでも差し出せるものであったが、肝心のザムザがツクモの力を積極的に借りたくないと思っているので、ツクモがその恩恵を存分に受けることはなかった。

さて、明治二年に創業したという丸善の原点である日本橋店は、リニューアル工事によってすっかり近代的な建物になっていた。

丸善がある中央通りを往《ゆ》く人は、スーツをきっちりと着こなしたビジネスパーソンや観光客が多い。

そんな中、オーダースーツを纏うザムザと、緩やかながらも独特のファッションを確立させているツクモはそこまで目立たなかった。

ただ一つ、ツクモがザムザと手を繋いでいること以外は。

「ザムザと書店、ザムザと書店。嬉しいな」

ツクモは目を輝かせながら、丸善に入ろうとする。

だが、ザムザは足を止めた。

「どうしたの？」

キョトンとした顔で首を傾げるツクモに、ザムザは言いにくそうに答えた。

「手を繋ぐのはやめよう」

「どうして？」

恥ずかしいから。

ザムザは本心を心の中で噛み殺す。ツクモを説得するには、感情的でなく理論的な理由が欲しい。

目の前の《異邦神》は、ザムザよりも長く存在しているようだが、時に子どものような純粋さを見せる。加えて、この世界の常識というものが通じないので、手を繋ぐ――言うなれば、触れあうという行為のハードルが低いのは理解している。

しかし、ふたりの見た目は成人男性だ。

成人したばかりに見えるベビーフェイスの青年が、小洒落《こじゃれ》た若い紳士と手を繋いでスキップまじりの軽い足取りで歩いていたら、そのギャップから振り向く通行人は少なくない。現にザムザは、事務所からさほど離れていない中央通りに来るまでに、やけに微笑ましい視線を嫌というほど浴びていた。

「……店内は狭い。手を繋いでいたら動きにくいし、周囲に迷惑だ。平積みの本にぶつかって落としたら大変だしな」

「そっか。じゃあ、やめる」

ツクモはあっさりと手を離す。ザムザは心底安堵した。

ザムザは気を取り直し、エスカレーターに乗る。

「ツクモ、お前は何の本が欲しいんだ？」

「なんだろう。見てみないとわからない。ザムザも本を買いに来たんだよね？　なら、ザムザについてく」

「俺は民俗学とオカルトのコーナーに行く。それでいいか？」

「いいよ」

ツクモはあっさりと了承した。

「もし、他にお前が気になるものがあったら、勝手に離れて持ってきていいからな。そのあと、俺が会計を済ませる」

「うん。そうする」

ツクモが頷いたのを確認すると、ザムザは目的のフロアに足を踏み入れた。

代償と帳尻合わせにこだわる性格のためか、ツクモは買い物の概念をしっかりと理解していた。お金を払わないうちは自分のものではなく店のものだと把握しているので、会計をしないまま外に出ることはないだろう。

ザムザは、民俗学関連の棚の前にやってきて、新刊をチェックする。

ザムザが相手にするのは、異界の神だ。まずは、この世界の神のことを知っておく必要がある。

外来種を駆除するはずが、在来種まで駆除してはいけない。もっとも、ザムザができるのは駆除ではなく、お帰り頂くのが精々だが。

いずれにせよ、無関係な在来神に失礼があってはいけない。

「特に目新しいものはない……か。まあ、この世界の神々の情報なんて、頻繁に更新されないだろうが」

「日本神の本だ」

長い年月をかけて信仰の形が変わることがあるが、毎年チェックする必要はない。

ツクモは、日本の神々について記された本を眺めて、日本人や外国人のようなニュアンスで言った。

「日本……神。まあ、お前が神ならば同等の存在だしな。対話はできるのか？」

ザムザの興味本位の質問に、ツクモは首を傾げた。

「わからない。ニュアンスは伝わるかも」

「俺たちで言う、外国の人との対話みたいなものか」

ツクモが民俗学のコーナーを興味深げに眺めていたので、ザムザはそっとしておいてやりつつオカルトのコーナーへと向かった。

ザムザが注目すべきは、実はここであった。

都市伝説に、UFOやUMAなど。正体不明の存在こそ、《異邦神》の可能性が高いからだ。

「そもそも、《異邦神》は何者なんだ？」

異界に住まう神々らしい、というのが祖父やイトの仮説だ。実際、異界文書にもそのようなことが書かれている。

その異界文書で《異邦神》を召喚する者がいて、ブルーホールが発生すれば《異邦神》がこちら側に来る。

わかっているのはそれくらいだ。

異界というのが何なのか。そもそも、異界文書は誰が書いたのか。

ザムザの目に、創作神話を元にしたアナログゲームのルールブックが目に入った。

その創作神話とは、ハワード・フィリップス・ラヴクラフトの著作がもとになった、「クトゥルフ神話」である。かつて地上を支配していた恐るべき神々や地球外に存在する禍々《まがまが》しき神々が登場する。

そのいずれもラヴクラフトおよび、体系付けを行ったオーガスト・ダーレスらが創作した神々だが、邪悪なる神々を巡る話はどれも悪夢めいていて、《異邦神》を相手にしているザムザは他人事《ひとごと》とは思えなかった。

「人気があるのは結構。多くの人間が、悪夢を現実で経験していないということだからな」

ザムザは参考文献として目を通していたが、どれもうんざりする内容だった。これは創作神話およびラヴクラフトの著作に問題があるのではなく、ザムザ自身がその物語の登場人物のような経験をしているためだ。

しかし、経験のない者からしてみれば、刺激的であり熱狂するものなのだろう。

願わくは、そんな人たちが《異邦神》に興味を示さないよう。興味本位で彼らを召喚されたらたまったものではない。

「ザムザ」

「うおっ！」

急に声をかけられたので、ザムザは思わず叫んでしまった。

「どうしたの、びっくりして」

「いや……、考えごとをしていたから」

声をかけたのは、《異邦神》本人だ。

人の夢に干渉するでもなく、異形の姿でもなく、人によっては好ましさすら感じる青年の姿で、普通に話しかけてきた。

「で、どうした？」

「ザムザは、何か願いごとはない？」

「なぜ？」

ザムザは尋ねるものの、すぐに野暮だと悟った。

ツクモは本を二冊持っていた。

ザムザが買うと言ったのは一冊だ。そして、ツクモはお金を持っていない。

つまり、願いごとを叶える代わりに本をもう一冊買って欲しいということか。

相変わらず、彼の基準がよくわからない。本一冊のために、目の前の神は奇跡を行使しようとしているのだ。

「……一冊くらい追加してやる」

「でも」

ただ奢《おご》られるのは、ツクモの性に合わないらしい。彼は素直に喜ばず、困った顔をした。

「イトさんが、お前に本を奢ってやれと言ったからな。俺は、イトさんに世話になっている。だから、イトさんの指示を受けて、お前に二冊買ってやるんだ。これで帳尻は合うだろう」

「そっか。ありがとう！」

ツクモはパッと笑顔を咲かせた。驚くほど律義な異界の神を前に、ザムザは思わず笑みをこぼしてしまった。

「なんで笑ってるの？」

「なんだか、微笑ましくてな」

「そう？　ザムザが笑ってくれると、おれは嬉しい」

ツクモは満面の笑みを浮かべる。幸せそうな、見るものの顔をほころばせるような表情だ。

ツクモの本当の姿は、神々しさと威厳を兼ね備えた悪夢じみた異形だ。彼は因果律にこだわるが、この世界の人間から見ればその天秤は歪んでいて、どう見ても釣り合いが取れないこともたくさんある。

脅威に満ちた恐るべき存在だ。

しかし、こうやって小さな安らぎと幸せを齎すこともある。

「ザムザ？」

ツクモが首を傾げる。ザムザは、彼をじっと見つめてしまったことに気づいた。

「悪いな。ひとまず、俺の方はもう大丈夫だ。お前もその二冊でいいなら、会計をしよう」

「ザムザはちょっとしか見てないよね？」

「俺は頻繁に来るから、新刊やフェアさえチェックできればいい」

ザムザはそう言って、レジを目指すべく踵を返す。

頻繁、と言ったザムザに、ツクモは羨望の眼差しを向けた。そんな子どもっぽい表情に、ザムザは苦笑する。

「また来る時は声をかけよう。近々、気になる催事もやるしな」

「うん！」

ツクモはすっかり上機嫌だ。

ザムザは温かい気持ちになりながら、ツクモが選書した二冊を受け取る。

そのタイトルを見て、ザムザは固まった。

「『ラヴクラフト全集』……」

その一巻と二巻である。ザムザは眩暈を抑えるかのように、眉間を揉んだ。

「どうしてこれを？」

「ザムザが見てた本、気になったから。こっちは物語みたいだし、楽しそう。ワクワクする」

「いや、ゾクゾクの方だろうな……」

どうやら、同じフロアの別の棚でフェアが組まれていたらしい。ツクモの本はそこから持ってきたというわけか。

「いいか、ツクモ。この本に登場する神々のことは真似するなよ」

「そうなの？　小説はこの世界の生活が垣間見えるし、参考になると思って」

「参考にするな。絶対に」

ザムザは念を押す。

ツクモは、「ふぅん？」と不思議そうな声を漏らしながら本を眺める。残念ながら、ザムザの忠告の順守は約束されなかったようだ。

「はぁ、仕方がない……。誤解してると思ったら、その都度訂正するか……」

それが、ツクモを呼び出した者の責任だろう。子どもに教える以上に念入りに、根気強くこの世界の常識を教えなくては。

「ザムザと買い物、楽しい。また来よう」

ザムザの気苦労など露知らず、ツクモは軽い足取りでザムザについてくる。

「そうだな。また」

そばにいなければ、気が気ではない。勉強熱心なのはいいが、誤った知識をそのまま定着させたら大惨事が起こりそうだ。

尤も、常識を教えるという意識は傲慢そのもので、こちらがツクモを観察しているのと同じで、ツクモもまたこちら側を観察しているのかもしれないが。

「ねえ、ザムザ」

「なんだ」

囁《ささや》くようなツクモに、ザムザが応じる。

「こんなおれにも、願いごとがあるんだ」

「……聞いてもいいか？　聞くだけになりそうだが」

この異界の存在が、何を求めているのか興味があった。

ザムザが軽い気持ちで尋ねると、ツクモはにっこりと微笑んでこう言った。

「おれはね、ザムザに好かれたい」

「は……？」

予想もしていなかった願いに、ザムザは目を丸くする。ツクモはザムザの方を見やり、願いを繰り返した。

「おれは、ザムザに好かれたい」

「……どうしてだ」

「おれがザムザのこと好きだから、釣り合いを取りたいのかな。それに、好かれたら嬉しい。きっとそう」

ツクモは首を傾げながら、自らの気持ちを探るように言った。彼は平然としていたが、それを聞いているザムザの方が照れくさくなってしまった。

「……そうか」

ザムザは思わず目をそらし、先へ進もうとする。しかし、ツクモはザムザの顔を覗き込むようについてきた。

「ザムザは、おれのこと少し好きな気がする。違う？」

ツクモは相手の感情を読み取ることができる。ザムザ本人ですら無自覚な感情を読まれてしまい、居心地が悪くなった。

「そうかもしれないが、場合によっては嫌いになるかもしれないな」

ザムザははぐらかすように言った。すると、ツクモの顔から笑みが消え、足が止まる。

「……なんか、ぎゅって感じになった。これが傷つくってこと……？」

「い、いや、すまない！　大丈夫だ。今のところは……！」

「よかった！」

ツクモの顔に笑みが戻る。ザムザは思わず胸を撫で下ろした。

まさかツクモが、ザムザの感情で一喜一憂するなんて思いもしなかった。傷つくという感覚を知らなかった異界の神が、自分の軽口で心を痛めるなんて。

「とんでもないものに好かれたな……」

ザムザは溜息を吐く。しかし、ツクモに好意を向けられて、悪い気はしない。

振り回されっぱなしのザムザだが、不思議と悪くないように感じた。

ザムザはその奇妙な感覚に心を委ねながら、ツクモとともにその場を後にしたのであった。

——本書のプロフィール——

本書は書き下ろしです。

小学館文庫

異界探偵《いかいたんてい》 班目《まだらめ》ザムザの怪事件簿《かいじけんぼ》

著者　蒼月海里《あおつきかいり》

二〇二五年一月十二日　初版第一刷発行

発行人　庄野　樹

発行所　株式会社　小学館

〒一〇一-八〇〇一
東京都千代田区一ツ橋二-三-一
電話　編集〇三-三二三〇-五六一六
販売〇三-五二八一-三五五五

印刷所――中央精版印刷株式会社

この文庫の詳しい内容はインターネットで24時間ご覧になれます。
小学館公式ホームページ　https://www.shogakukan.co.jp

ISBN978-4-09-407429-1

咎人の刻印

蒼月海里

イラスト　巖本英利

罪を犯して人の道を外れ、罰を背負った《咎人》。
彼らは罪の証の如き《聖痕》をその身に刻み戦う異能者だ。
令和の切り裂きジャックと呼ばれた殺人鬼・神無と、
弟殺しの吸血鬼・御影。
――ふたりの咎人による世紀のダークファンタジー、始動！